끝나지 않은 노래

끝나지 않은 노래

미야시타 나츠 지음
최미혜 옮김

이덴슬리벨

Contents

Program

1
시온의 딸

〈Happy Birthday to You〉, 미키모토 레이 & 하라 치나츠

찬송가 130장 〈기뻐하라 찬양하라 시온의 딸〉(국내에서 불리는 찬송가 165장
〈주님께 영광〉과 같다-옮긴이), 미키모토 히비키(바이올린)

2
슬라이더스믹스

〈슬라이더스믹스〉, 구보즈카 키이치(트롬본)

3
바움쿠헨, 또다시

〈바움쿠헨〉, 더 하이로즈(The High Lows, 일본의 펑크 록밴드-옮긴이)

4
코스모스

합창곡 〈코스모스〉, 메이센여자고등학교 3학년 A반

5
Joy to the World

〈Joy to the World〉, 스리 도그 나이트(Three Dog Night, 미국의 팝 밴드―옮긴이),
하라 치나츠 & 니시나 히데코

6
끝나지 않은 노래

〈아름다운 마돈나〉〈하바네라: 사랑은 들판의 자유로운 새〉, 미키모토 레이

〈사람에게 다정하게〉, 미키모토 레이 & 하라 치나츠

〈미래는 우리 손안에〉〈린다린다〉〈끝나지 않은 노래〉,
미키모토 레이 & 하라 치나츠 & 하야세 나나오

1장

시온의 딸

운이 좋으면 야생 바다표범을 볼 수 있다는 바닷가에 한참이나 앉아 있었다. 햇살은 아직 따갑지만 벌써 가을의 기운이 느껴진다.

혹시 파도 저 너머에 떠 있는 둥근 물체가 바다표범인가 생각했지만 시간이 지나도 같은 자리에 있다. 움직이기는 한다. 하지만 그저 떠서 흔들리기만 한다. 부표 같은 건지도 모른다. 인적 없는 8월의 바다를 바라보고 있으니 파도의 색감도, 모양도, 빛의 차이도, 미묘하게 달라서 저 중 어느 것은 바다표범의 코끝이 아닐까, 머리가 아닐까 하고 생각한다.

바다표범은 봤다고 치는 게 좋을까? 누구에게 봤다고 '치는' 건지는 모르겠지만 일단 이 바닷가에 와서 바다표범을 본다는 건 중요한 일 같았다. 사실 그 정도로 바다표범을 보고 싶은 것도, 이곳에 온 기념을 원하는 것도 아니다. 다만 여기에서 뭔가를 했다고 믿고 싶을 뿐이다. 나름 의미 있는 여행이었다고.

여름방학에 혼자서 북쪽에 있는 바닷가 마을을 찾아왔다.

투명한 하늘 아래 바다는 조용히 일렁였다. 언제까지 바라보아도 분명 이런 느낌일 것이다. 사실은 바다를 보러 온 것도 아니었다. 그냥 근처를 걷다보니 바다를 보지 않으면 안 될 것 같은 느낌이 들었다. 배가 고픈 것도 같아 이제 슬슬 가야지, 생각했을 때 뭔가 이상한 것이 파도 사이로 나타났다. 그만큼 파도가 거칠어진 건지, 부서진 건지. 나는 무엇을 보고 있는지, 무엇을 찾고 있는지도 잊고 물결이 크게 이는 곳으로 눈길을 돌렸다. 검고 둥그스름한 것이 떠 있었다. 분명 파도는 아니었다.

"바다표범이다."

나도 모르게 중얼거렸다. 바다표범이 출몰한다는 바위가 있는 곳보다 상당히 앞쪽에 검은 머리가 불쑥 올라와 있다. 애타게 기다린 건 아니었는데 순간 흥분했다. 바다표범이야, 바다표범. 묘하게 친근했다. 사람 머리와 비슷해 보였기 때문일까? 서서 헤엄을 치는 소년 같은, 젖은 머리가 달라붙은 기분 좋아 보이는 얼굴이 금방이라도 이쪽을 보고 웃을 것 같았다.

"귀여워."

다시 중얼거렸다. 그것도 이렇게 무덤덤하게 한마디를. 혼자서 여행하는 동안 무의식중에 혼잣말하는 게 버릇이 됐는지도 모른다. 물론 조심하면 혼잣말은 하지 않을 것이다. 그런 생각을 하다가 또 한 번 중얼거렸다.

"귀여워라."

바다표범이 정말로 그렇게 귀여운지는 잘 모르겠지만. 귀엽다기보다 뭐랄까, 뭔가를 닮은 느낌이다. 그게 뭐였는지 생각나기도 전에 파도 사이에 떠 있던 검은 머리가 자맥질했다. 아무리 바라보아도 어디로 잠수한 건지, 다시 물 위로 머리를 내놓는다면 어디쯤일지 더 이상 가늠도 되지 않았다. 조용히 흔들리는 파도가 끝도 없이 이어질 뿐이었다.

해안가를 따라가면 어딘가에 닿을 것이다. 목적지가 있는 건 아니었다. 그저 어딘가에 가고 싶었고, 도쿄를 떠나고 싶었다. 이런 말을 하면 정말이지 도망치는 것 같아서 초라해진다. 하지만 인정하지 않으면 안 된다. 나는 도망쳐 왔다.

돌아가자. 뭘 닮았는지 끝까지 생각나진 않았지만 바다표범은 내 안의 향수를 불러일으켰다. 어쨌든 도쿄의 내 방으로 돌아가자. 원래 생활로 돌아갈 수 있을지 어떨지는 돌아가서 생각하자.

여름방학에 나 홀로 떠난 여행은 그렇게 바다표범으로 마무리되었다.

**

오후 수업을 마치고 가방을 챙기는데 휴대전화가 반짝였다. 복도로 나와 학생들 사이에 섞여 걸으면서 문자를 확인한다.

– 이따 밤에 가도 돼?

변함없이 투박하고 짧은 문장이다.

착신음을 무음으로 해놓으니 아무래도 확인이 늦어진다. 이해해줄 거라고 생각하지만 문자를 받고 나서 너무 늦게 답하는 게 마음에 걸린다.

– 응, 괜찮아. 몇 시쯤? 저녁은 어떻게 할까?

서둘러 문자를 보내고 두 시간이나 어떤 마음으로 내 문자를 기다렸을까, 생각한다.

역시 바로 답장이 왔다.

- 8시에 '다이콘야'. 늦어질 것 같으면 다시 연락할게.

다이콘야는 우리 동네 전철역 부근에 있는, 음식이 맛있는 술집이다. 8시에 온다니 평소보다 너무 이른 시간이라 이상하다. 분명 무슨 일이 있구나, 생각한다.

휴대전화를 가방에 넣으면서 계단을 내려온다. 층계참에서 같은 과 아이들 서너 명이 앞질러 간다.

"낼 봐."

갈색 머리를 너울거리며 시노하라가 지나간다.

"응, 내일 봐."

그녀가 지나간 복도에 길게 여운이 남았다.

시노하라는 과에서 성적이 제일 좋다. 다시 말해 노래를 잘한다. 다만, 시노하라의 노래를 들으면 아, 이 사람 노래는 만점에 가깝겠구나, 하는 생각이 먼저 든다. 나쁜 표현인지도 모른다. 순수하게 시노하라는 노래를 잘한다고 하면 된다. 노래할 때 표정이 풍부하고 소리의 울림이 다른 학생들과는 확연히 다르다. 물론 나와도 다르다. 뚜렷하게. 과 학생들 모두가 그녀의 실력을 인정한다. 그녀가 최고다. 슬프게도 우리의 귀는 대단히 정확하다. 그녀의 노래가 가장 힘이 있고 가장 멀리까지 뻗어나간다. 그리고 우리는 그 사실에 압도된다.

2호관 옆 벤치에 앉아 헤드폰을 낀다. 그걸로 외부 소리가 차단된다. 음악을 듣지는 않는다. 음악을 들으며 뭔가를 생각하면 훨씬 더 낙관적이 되어버린다.

나는 지금 비좁고 갑갑한 곳에 있다는 걸 잊고 싶지 않다. 몇 번째일까, 이 노래는 얼마나 잘 부를 수 있을까, 하고 재고 있는 스스로를 외면하고 싶지 않다. 뭐가 부족한 걸까? 어떻게 하면 좋을까? 소리가 나지 않는 헤드폰을 끼고 발아래를 내려다본다. 물음만 있고 답은 없다. 고개를 들면 밝은 표정으로 학생들이 오가고 있다. 이 학교에 있으면서 진심으로 즐겁게 느껴진다면 정말이지 축복받은 사람일 것이다. 많은 학생이 분명 자신의 자질을 의심하고 자기 앞에 펼쳐진 인생에서 밝은 길을 찾지 못하고 있다.

재능을 원한다. 개성을 원한다. 학생들 대다수가 그렇게 바라면서도 마음을 숨기고, 아무도 모르게 내면에 불꽃을 품고 있다. 어떤 순간에는 그걸 바라보는 게 괴롭다. 내 불꽃도 누군가 봐버리는 일이 생길지도 모른다.

나는 열정을 원한다. 어떤 어려움도 극복해내는 열정. 그건 재능이나 개성, 노력이나 소질, 가능성, 환경, 유전, 기회와는 별개인 것 같지만 실은 대단히 비슷한, 불투명한 미래에 맞서는 유일한 무기가 아닐까 생각한다.

바람이 불어와 나뭇가지가 흔들린다. 나뭇잎 사이로 비치는 햇살이 제법 부드러워졌다. 어디에 열정이 있을까. 어떻게 그걸 불태워야 할까.

많은 걸 알아버린 이곳에서 평가를 생각하지 않고 노래하는 건 용기가 필요한 일이다. 평가를 잊고 친구들과 어울리는 것도 쉽지 않다.

대학에 입학한 지 1년 반이 되는데도 속마음을 터놓는 친구는 한 명도 생기지 않았다. 수업이 끝나면 바로 혼자 사는 집으로 간다. 가볍게 이야기 나눌 상대가 없는 건 아니지만 혼자 있는 게 훨씬 마음 편하다. 스무 살이나 돼서도 이러니 앞으로 점점 외톨이가 되는 게 아닐까 생각하면 두렵다.

그러고 보면 우리 학교에는 부유한 집 아이들이 많다. 시노하라 역시 어떤 큰 회사를 맡고 있는 대표의 손녀라고 한다. 어릴 때부터 특별한 음악 교육을 계속해서 받으려면 상당한 재력 없이는 어려운 부분도 있을 것이다.

내가 유달리 풍요로운 가정에서 태어난 건 아니다. 엄마는 유명한 바이올리니스트지만 아빠는 없다. 학교까지 도저히 다닐 수 없는 거리는 아닌데도 집을 나와 혼자 생활하는 것은 나에겐 분명 사치다. 하지만 대학에 들어가면 한 번은 독립해서 살아보라고 먼저 제안한 사람은 엄마였다.

물론 나도 혼자서 살 수 있다면 그렇게 해보고 싶었다. 특히 실습을 포함해서 수업이 많은 1, 2학년 때는 통학 시간이 짧을수록 좋다. 학교 기숙사에 들어갈 성격이 못 된다는 것도 엄마는 잘 알았던 것 같다. 당연한 듯이 학교에서 가까운 곳에 아파트를 구해주었다.

"부모 곁에 있으면 알 수 없는 것도 있거든."

엄마는 말했다.

"인생은 생각보다 짧아. 지금 공부하지 않으면 언제 하겠니?"

웃으며 배웅해주었지만 어조는 전에 없이 단호했다.

인생은 짧을까? 그렇다면 그걸로 됐다. 지금까지 살아온 것보다도 훨씬 긴 시간을 살아가기에는 아무래도 내 열정은 부족하다.

우연히 엄마 눈가에 잡힌 주름을 봤다. 피부뿐만 아니라 주변 공기까지 팽팽하게 긴장된 듯한 젊은 시절 엄마의 앨범 재킷 사진을 떠올린다. 나이가 들어 원숙미가 늘었다고 평가받는 연주가도 분명히 많다. 하지만 그 못지않게 많은 연주가가 나이와 함께 열정을 잃고, 기운을 잃어가는 것처럼 보였다. 얻는 것과

잃는 것. 엄마도 싸우고 있을까? 잃고 싶지 않은 것을 필사적으로 껴안고 있을까?

"무슨 일 있니?"

말이 없는 나를 엄마가 이상하다는 듯이 바라봤다.

가진 게 없다면 잃을 것도 없다.

적어도 내게 잃을까 걱정해야 할 건 없다. 그것조차도 이제부터 얻어갈 과정이다.

"열심히 할게."

엄마에게 말했다. 웃는 얼굴로, 손을 흔들면서.

마음먹고 내보내준 엄마에게 약한 소리는 할 수 없다. 아니, 하고 싶지 않다.

어쩌면 난 노래를 못 부르는 게 아닐까? 음악을 향한 열정 찾기를 포기하는 게 아닐까? 그런 생각이 든다고 말할 수 없었다.

엄마가 바이올린을 켜는 건 당연할 만큼 너무나 자연스러운 일인데 나는 노래를 자유롭게 부르지 못한다. 노래해서 평가받는 게 두렵다.

노래할 수만 있다면 그걸로 됐다, 고 여겼다. 하지만 생각처럼 쉽지 않다. 들어주는 사람이 없으면 소용없다. 힘이 없다면 청중을 사로잡을 수 없다. 내 노래에는 힘이 없다. 나 자신이 내 노래에서 가치를 찾지 못한다.

입학 당시부터 아는 사실이었지만 모르는 척했다. 나뿐만이 아니다. 학생들 대부분은 자기 자리에서 문제를 일으키지 않는 선에서 행동했다. 어차피 머지않아 분명해진다. 순위를 매기는 사회로 내몰린다. 그때 누가 우리를 거둬줄까? 누가 따뜻하게 맞아줄까? 아무도 손을 내밀어주지 않는다면 자꾸만 밀려 우무처럼 흐물흐물 떨어져 무너질 수밖에 없다.

의무교육도 아니고, 돈을 들여 특별 교육을 잔뜩 받고 나서 마지막 지점에서 밀려난다고 생각하면 부모에게도 주위에도 변명의 여지가 없다는 생각이 든다. 그런 생각이 들었을 뿐이다. 우리는 꿈이다. 희망이다. 가슴을 펴고 있어야 한다. 우리 앞에 어떤 미래가 기다리는지 몰라도 꿈과 희망이지 않으면 안 된다. 적어도 부모나 가족의 꿈이며 희망으로. 그래서 꿈과 희망이 아니게 되었을 때 괴로운 것이다. 눈부시게 빛나야 할 미래는 우리가 아니라 주위 사람들의 것인지도 모른다.

내 노래는 나만 만족하는 노래였다. 아무도, 어떤 말도 하지 않지만 내가 가장 잘 안다. 나는 그저 노래를 부르기만 할 뿐이다. 노래로 보여줄 수 있는 게 아무것도 없다. 노래는 내 목을 획획 빠져나간다. 빠져나가는 통로가 될 뿐이라면 굳이 내 목이 아니어도 된다. 오히려 노래 입장에서는 좀 더 풍부한 음색을 입혀서 세상에 내보내주는 목소리를 원할 것이다.

밝게, 즐겁게, 활기차게 혹은 슬프게, 고독하게. 그런 척하고 노래할 수는 있다. 얼마든지 할 수 있다. 다만 '척'이다. 그게 스스로 싫어진다. 슬프지도 않은데 슬픈 듯이 노래해서 뭘 표현할 수 있을까? 내 속에 있는 슬픔의 깊이는 너무나 부족하다. 그걸 파내어도, 뒤흔들어도 나오는 건 슬퍼하는 '척'뿐이다.

내게 부족한 게 뭘까? 감정이 아니다. 표현력도 아니다. 재능도, 환경도, 노력도 아니라면 경험이 아닐까? 나 같은 사람에겐 결정적으로 경험이 부족한 게 아닐까?

노래가 뛰어나다는 건 어떤 걸까? 애초에 그런 생각을 해서는 안 된다. 이런 시시한 문제로 고민하거나 멈춰서 머뭇거리는 사람이라면, 계속해서 나아갈 수 없는 사람이라면 처음부터 틀렸다. 그러니까 내 고민은 정말로 시시한 문제인 것이다. 제대로 잘 부르면 멈출 필요가 없다. 어쩌면 노래뿐만 아니라 어떤 분야건 비슷할지 모른다. 어쨌든 고민하지 않는다. 멈추지 않는다. 그러기 위해서는 최고로 잘, 아니면 적어도 두 번째나 세 번째는 되어야 한다.

물론 저마다 자신 있는 분야는 있다. 이탈리아 고전 가곡이라

면 그 사람, 이 작곡가의 노래라면 이 사람 하는 식으로. 하지만
생각해보면 이런 사람은 대개 다섯 손가락 안에 들 정도의 위치
에 있다. 노래 한 곡을 남보다 뛰어나게 부를 수 있으면 대부분
다른 노래도 잘 부른다. 순위는 이미 정해져 있다. 예상 밖의 일
이 있다고 해도 결과가 뒤집히는 일은 생기지 않는다. 늦게 재
능을 피운 누군가가 실력을 발휘한다든지, 상위 다섯 명 중 누
군가에게 뭔가 뜻밖의 사건이 일어난다든지 하는 특별한 일이
없는 한.

　나는 내 재능이 늦게 필 거라고도 생각하지 않는다. 우리 학
교에 들어올 정도면 어릴 때부터 음악 교육을 받은 아이들이 대
부분이지만 가끔 고교 시절 합창부에서 처음으로 노래하는 즐
거움을 알았다는 아이도 있어서 그게 조금 부럽다. 앞으로 얼마
나 발전할지, 그 가능성은 미지수니까. 나는 입학 당시 이미 어
느 정도는 불렀다. 어느 정도라는 게 문제다. 내 노래가 어느 정
도인지 몰랐으면 좋았다. 이 대학 성악과에 들어오는 아이들은
모두 듣는 귀가 정확하다. 과 학생 스무 명이 어느 정도로 부르
는지 그야말로 모두가 알고 있다. 어느 정도, 라는 건 일곱 번째
에서 열 번째 정도 사이다. 상당한 경쟁률을 뚫고 입학하기 때
문에 십 등 안에 든다면 나쁘지 않을지도 모른다. 하지만 누군

가의 노래를 듣고 싶다고 생각했을 때 기껏 대학의 한 과에서 일곱 번째 정도 되는 사람의 노래를 듣겠다고 일부러 찾아오지는 않을 것이다.

　전철 유리창에 비친 내 얼굴을 보자 정신이 들었다. 심란한 표정이다. 생각해도 어쩔 수 없는 일투성이다.

　개찰구를 나오자마자 누군가 내 어깨를 두드렸다.

　"방금 전철 탄 거야?"

　치나츠였다. 나도 모르게 역 시계를 확인한다. 8시까지는 아직 시간이 있었다.

　"왜 이렇게 빨리 왔어?"

　치나츠는 언제나 달려온다. 약속 시간에 늦을까봐 숨을 헐떡이며 달려온다. 발그레해진 뺨이 예쁘다. 어영부영하다가 늦게 나오는 게 아니란 것도 알고 있다. 주어진 시간 동안 아슬아슬하게 최대한 할 수 있는 일을 하고 달려온다. 치나츠는 그런 아이다.

　역을 나와 나란히 걸으면서 몸집이 작은 치나츠의 바슬바슬한 머리카락이 어깨에서 흔들리는 걸 본다.

　"괜찮은 거야?"

아르바이트를 하고 오느라 피곤할 거라고 생각했다. 고등학교 때 같은 반이던 치나츠는 우리 본가보다 훨씬 멀리 있는 집에서 상당한 시간을 들여서 도심까지 다닌다. 마지막 전철도 일찍 끊긴다. 늦어져서 집에 못 갈 때는 우리 집에 자러 오기도 한다. 저녁은 먹고 오든지 군것질거리를 사 온다. 그리고 둘이서 차를 마시며 늦게까지 얘기하는 날도 있고 순식간에 치나츠가 잠들어버리는 날도 있다.

반걸음 정도 앞서 걷던 치나츠가 휙, 뒤돌아보고 웃으며 손가락을 두 개 세워 보였다. 독특한 형태의 브이였다.

"괜찮아. 오늘 알바비 들어왔어."

몸이 아니라 돈 걱정을 한다고 생각한 듯하다.

"레이, 너한텐 언제나 얻어먹었으니까 오늘은 내가 살게."

바로 대답할 수 없었다. 그런 거 신경 쓰지 마, 라고 해야 할까. 고마워, 라고 하는 게 좋을까. 그 때문에 일부러 이른 시간에 달려온 마음이 살며시 가슴에 스며들었다.

반 아이들 대부분이 대학에 진학하는데 치나츠는 그러지 않았다. 스스로 일해서 번 돈으로 노래와 춤 레슨을 받으러 다닌다. 작은 뮤지컬 극단에도 소속되어 있다. 지금부터가 중요하다. 한때 인기 있던 배우가 시작한, 생긴 지 얼마 안 되는 극단인데 수준은 꽤 높아서 입소문을 타고 관객이 급증하는 것 같다. 치나츠처럼 다른 일을 병행하면서 극단에 속해 있는 사람이 대부분이다.

고3 때 내가 데려가서 함께 본 뮤지컬이 계기였다는 얘기를 듣고 놀랐다. 물론 기뻤다. 하지만 조금 당황했다. 언제나 생기 있고 활기찬 치나츠가 첫 번째, 두 번째 하며 자신의 등수를 생각하게 될 것이 두려웠다. 빠짐없이 보러 가는 공연에서 치나츠는 아직 코러스 단원 중 한 명, 군무 장면의 무용수 중 한 명일 뿐이다.

치나츠는 아르바이트 두 개를 연달아 한다. 하나는 대형 공연장 창구에서 티켓을 판매하거나 손님을 안내하는 일이다. 거기서 일을 끝내면 두 번째 아르바이트를 시작한다. 붐비기 시작하는 저녁 시간대에 카페에서 일한다. 한번 보러 간 적이 있다. 치나츠답게 얼마나 생글생글 웃으며 친절하게 손님을 대할까 생각했는데 진지한 얼굴로 테이블 사이를 부지런히 오가고 있어서 차마 말을 걸지 못했다.

때때로 아르바이트는 세 개가 되고 네 개가 된다. 극단 관계자의 부탁으로 무대 제작 현장 일을 도우러 가기도 한다. 밤을 새우고 나서 새벽에 곧장 공연장 아르바이트를 하러 갔다가 그날 밤 눈 밑에 다크서클이 생긴 채 우리 집에 자러 온 적도 있다.

성적이 좋은데도 대학에 진학하지 않고 취직도 하지 않은 건 치나츠의 결정이었다. 언젠가 주요 배역을 맡게 되면 바빠져서 일할 시간이 없을 때가 온다. 그렇게 믿고 있는 자신을 향한, 그리고 부모님을 생각한 결정이다. 그걸 치나츠 입으로 말한 적은 없지만 옆에 있으면 알 수 있다. 치나츠는 노래하고 춤추고 연기를 한다. 그걸 위해서 살고 있다. 언젠가 무대 한가운데 서는 날까지 일해서 돈을 모아둘 생각이다. 한동안은 그때가 올 것 같지 않아서 안타깝고 초조한 마음도 들 것이다. 별로 티를 내지는 않지만.

초조해할 건 없다. 치나츠는 어디에 있든 치나츠다. 쭉쭉 뻗어가는 생명력으로 빛이 난다.

"치나츠는 좋겠다."

신호를 기다리면서 별생각 없이 중얼거렸더니 아무 말 없이 옆에서 조용히 웃는다. 이럴 때 치나츠는 정말 근사하다. 치나츠가 부럽다는 의미가 아니라 치나츠라는 반짝거리는 존재가 좋다는 말이다. 내 말을 순수하게 받아주는 게 좋다. 별나게 겸손하거나, 레이 네가 더 좋지 않느냐고 신소리를 하지 않는다.

아니, 사실은 조금 부러운 건지도 모르겠다. 하지만 순수하게 받아준 덕분에 그 감정이 그대로 남아 있어서 좋다.

보행자 신호가 파랑으로 바뀌었다.

"알바 해보고 싶어."

조금은 결심하고 말했다.

"뭣 땜에?"

돈이 궁한 것도 아니잖아, 치나츠는 이 말을 하고 싶었는지도 모른다.

"알바 하면서 지금까지 본 적이 없는 걸 보고 싶어."

정말로 돈이 필요한 치나츠에 비하면 내 생각은 가볍다. 속 편한 생각이라고 스스로도 느끼지만 치나츠에게는 그럴싸한 말로 둘러대도 통하지 않는다. 어쨌든 나는 직접 몸으로 느끼며 자신의 경험을 늘려갈 수밖에 없다.

아르바이트를 하면 사회 경험을 쌓을 수 있다느니 하는 건방진 생각은 하지 않는다. 아르바이트 정도로는 진짜 사회 같은 건 알지 못할 것이다. 정사원과는 책임감도, 일에 대한 생각도, 일하는 모습도 근본적으로 다른 게 아닐까. 그건 아르바이트이냐 아니냐 이전의 문제인지도 모르지만. 치나츠와 함께 있으면 그걸 잘 알 수 있다. 내가 아무것도 모르는 나무 인형처럼 느껴진다.

그래도 안 하는 것보다는 낫다고 생각한다. 일하지 않는 것보다 낫고, 아무것도 모른다는 사실조차 깨닫지 못하는 것보다 낫다. 뭔가 나은 쪽으로 움직이는 것이 요즘 내 행동의 기준이 된 것 같기도 하다. 뭘 하면 좋을지 모르니까 조금이라도 나은 쪽으로 움직인다. 아마 틀리지는 않을 것이다.

"그럼, 좋지."

치나츠는 기분 좋게 바로 대답해주었다. 그렇다, 이 말을 듣고 싶었다. 치나츠가 찬성해준다면 그것만으로 잘될 거라는 마음이 들었다.

"예식장은 어때?"

아주 좋은 게 떠올랐다는 듯이 자신만만한 얼굴로 치나츠가 물었다.

"누가 결혼해?"

내 말에 아이 참, 하며 웃는다.

"알바 말이야. 예식장에서 일하는 건 어때?"

"예식장에서 뭘 하는데?"

치나츠는 이상하다는 듯이 날 바라봤다.

"노래하는 거지."

노래한다 ─ . 미안, 그걸로는 알바 하는 의미가 없어. 그렇게 생각하고 가슴이 뜨끔했다. 아마도 나는 노래에서 멀어지고 싶은 듯하다.

지금 공부하지 않으면 언제 하겠니, 하는 엄마의 말이 귓가에 되살아난다. 엄마뿐만 아니라 나도 그렇게 생각한다. 좀 더 연습해야 해. 좀 더 노래를 잘 불러야 해. 하지만 어떻게 해야 좋을지 모르겠다. 감정을 표현하는 법, 개성을 보여주는 법을 모르겠다. 표현할 만한 감정도, 보여줄 개성도 없으니까.

교실에서 수업을 듣기만 해서는 알 수 없는 것이 있다. 사람과 부대끼고, 사회에 부딪치고 나서야 비로소 얻는 것이 있다. 거기에서 생겨나는 감정, 바로 그걸 얻고 싶다. 웃을 준비도, 울 준비도 되어 있다. 모든 것은 노래하기 위해서다.

"레이가 결혼식에서 축가 부르는 알바를 하면 인기가 대단할 거야."

"고마워. 생각해볼게."

노래하는 아르바이트. 하지 않는 것보다 하는 쪽이 나을지도 모른다.

"아, 배고파."

치나츠가 불쌍한 소리를 냈다. 치나츠와의 만남은 아무 생각

없이 편하게 있을 수 있는 소중한 시간이다. 치나츠와 있으면 그것만으로도 즐겁다. 아래위로 나란히 서서 다이콘야의 좁은 계단을 올라간다.

처음 이 가게에 온 건 1년쯤 전이다. 치나츠와 함께였다. 혼자였다면 들어가지 않았을 테고, 대학 친구와 있었어도 역시 들어가지 않았을 것이다. 환한 데다 저렴하고 맛있는 음식이 많은 술집. 치나츠는 그런 가게를 발견하는 감각이 뛰어나다.

어쨌든 오늘 밤도 치나츠는 낡아서 색이 바랜 하얀 셔츠에 평범한 청바지만 입고도 가슴이 덜컹 내려앉을 정도로 멋졌다. 멋지다는 말은 이상할지도 모른다. 몸집이 작고, 결코 미인이라 하기도 어렵고, 화장기도 없고, 그렇다고 남들 앞에 나서는 타입도 아니다. 그런데도 왜 이렇게 생기 있어 보이는 걸까? 발끝이 둥근 플랫화를 신고 통통통 경쾌하게 계단을 올라가는 치나츠의 등이 눈부시게 빛난다.

상가 건물 2층에 있는 다이콘야의 문을 열고 들어가니 안에서 우렁찬 목소리가 들려왔다.

"어서 오세요."

안녕하세요, 하고 치나츠가 들어간다. 나도 바로 따라가려는데 계산대에 있던 직원과 눈이 마주쳤다. 그대로 눈을 뗄 수가 없었다. 가게 안쪽으로 걸어가던 치나츠가 돌아보았다.

"왜 그래?"

말을 걸 때까지 한 발짝도 움직이지 못한 채 그 자리에 서 있었다.

"P."

"응?"

자리에 앉으려던 치나츠가 천진스레 내 시선 끝을 더듬는다.

"아, 진짜, P네. 재미있는 옷이야."

P. 그 직원은 가슴에 커다랗게 P라고 쓰인 하얀 티셔츠를 입고 가게 유니폼 같은 남색 앞치마를 두르고 있다. 20대 후반, 아니, 30대 정도 될까? 나를 보는 서늘한 눈빛에 빨려 들어갈 것 같았다.

"어서! 레이."

치나츠가 재촉해서 나는 의자를 당긴다. 무릎에 힘이 빠진 채 엉덩이부터 무너지듯이 앉았다.

바다표범이었다, 고 생각한다. 지금 저기 있던, P가 쓰인 티셔츠를 입은 사람. 여름 바다에서 본 바다표범을 닮았다. 남자로 보면, 어떨까? 꽤 독특한 용모였다. 왜 그런지, 눈을 뗄 수 없는 존재감이 있었다.

"레이, 있잖아, 뉴스가 있어."

물수건으로 손을 닦으면서 치나츠가 말했다. 아무렇지 않은 척하지만 입가에 미소가 번졌다. 아직 주문도 하지 않았는데 말하고 싶어서 더는 못 기다리겠다는 얼굴이다.

"뭔데?"

재촉했더니 치나츠는 테이블 위로 몸을 쑥 내밀고 작은 소리로 외쳤다.

"비중이 작지만 배역을 맡았어."

"설마 이번 공연 말이야?"

응, 하고 고개를 크게 끄덕인다.

"축하해."

잘됐어. 정말 잘됐어. 치나츠, 축하해. 평소보다 더 빛나 보인 건 그 때문이었을까. 이 소식을 전하고 싶어서 오늘 밤은 8시부터 달려온 걸까.

"혼자서 노래하는 장면도 있어."

"굉장해, 기대할게."

"고마워."

치나츠는 얼굴 가득 미소를 짓고 고개를 끄덕이더니 만족스러운 표정으로 열심히 메뉴를 보기 시작했다. 토마토샐러드, 모둠치즈, 대파닭꼬치 소금구이, 거기다 ─ .

배가 고프다며 오므라이스 같은 것도 주문했다.

"이 집 오므라이스, 진짜 맛있잖아."

치나츠가 들뜬 목소리로 말하고 나도 고개를 끄덕여 대답한다. 하지만 오늘은 맛이 느껴질 것 같지 않다. 치나츠에게 처음으로 배역이 들어온 일. 그리고 ─ .

"알바생 구하지 않을까, 여기?"

불쑥 말했더니 치나츠는 동그란 눈을 더 동그랗게 떴다.

"여기라니, 이 가게 말이야? 느닷없이 여기라니?"

안 하는 것보다 낫다, 라는 평소의 기준과는 다른, 완전히 새로운 이유로 나는 움직이려고 했다. 물론 알바 자리가 있을 때의 이야기지만 자리는 있을 거야, 없으면 생길 때까지 기다리면 돼, 하고 전에 없이 강한 의욕이 생겼다. 치나츠 소식에 자극을 받은 걸까? 지금 당장이라도 움직이고 싶은 기분이었다.

살짝 익힌 계란을 얹은 오므라이스를 스푼으로 허물면서 고개를 들어 몰래 그 직원을 찾았다. 아까 계산대 맞은편에서 우리에게 어서 오세요, 라고 했던 그 사람.

P다. 바다표범이다. 그 모습을 확인하고 나는 만족한다. 처음으로 느끼는 이상한 감정이었다.

"레이, 무슨 일 있어?"

맞은편 자리에서 치나츠가 이상하다는 듯이 내 얼굴을 바라본다.

"아무것도 아냐."

일단 그렇게 말하고 크게 숨을 들이쉬었다.

"왜 그런지 자꾸 신경 쓰이는 사람이 있어."

결심하고 말했더니 치나츠는 입을 쩍 벌렸다. 그리고 동그란 눈을 깜빡이더니 천천히 몸을 수그리고 눈을 치뜨고는 말했다.

"혹시 저 사람?"

"응."

덩달아 나도 소리가 작아진다.

"왠지 저 사람, 굉장한 힘으로 끌리는 느낌이야."

내가 눈으로 가리킨 방향을 치나츠가 조심조심 돌아본다. 그리고 다시 나를 향한다.

"혹시 아까 그 사람? 셔츠에 P라고 적혀 있는."

"맞아."

고개를 끄덕이니 치나츠가 시선을 바닥으로 떨어뜨렸다.

나는 솔직하게 말했다. 주눅 들 필요도 없었다. 내 감정이 뭔지, 잘 몰랐다. 다만 강렬한 감정에 사로잡혀서 흔들리는 나 자신을 조금 떨어진 곳에서 흥미롭게 바라보는 느낌이었다.

"잘 모르겠지만 말이야."

치나츠는 치즈에 포크를 깊숙이 푹 찌르면서 낮은 소리로 물었다.

"그러니까 레이, 넌 저 P가 마음에 들었다는 거야?"

마음에, 들었을까? 치나츠는 뭔가 불만스러운 것 같다.

"마음에 들었을 거야, 아마."

나는 확신 없이 대답한다. 굉장히 신경이 쓰인다는 건 마음에 들었다는 거겠지. 듣고 보니 그런 마음도 들었다. 좀 전에 처음 본 사람이지만. 그 사람에 대해서 아무것도 모르지만.

"그거, 혹시."

아까부터 치나츠가 '혹시'를 너무 많이 쓰는 거 아냐? 왠지 평소의 치나츠답지 않다, 고 생각했을 때 역시 치나츠는 평소와는 다른 말을 했다.

"첫눈에 반했다는 거야?"

첫— 이라고 말하려는데 소리가 나오지 않는다. 눈으로 P라는 사람을 좇는다.

"그럴 리가 없잖아."

겨우 대답한다.

"그런 감정이 아니야."

"그럼 어떤 감정인데?"

치나츠가 말꼬리를 잡는다. 술은 안 마셨다.

"좋아하고 싫어하고 그런 게 아니야. 다만 눈을 뗄 수 없다고 할까, 이상하게 빨려 든다고 할까."

"그게 첫눈에 반한 거 아니야?"

그런가? 하고 고개를 갸웃거린다. 그건 아닌 것 같기에.

하지만 고개를 갸웃한 채로 또 그 사람을 눈으로 따라가는 걸 느낀다. 이게 첫눈에 반한 걸까. 아닐 것이다. 그럴 리가 없다. 그러면서 절대로 아니라고 잘라 말하지도 못한다. 지금껏 첫눈에 반한 적이 없기 때문에. 분명히 말할 수는 없다.

치나츠가 크게 한 번 한숨을 쉬었다.

"왜 하필이면 첫눈에 반한 상대가 저런 사람이야?"

저런 사람, 이라는 말을 들을 정도일까? 나는 다시 저런 사람을 눈으로 좇는다.

"저런 이상한 복장을 하고 뭐든 적당히 할 것 같은 사람. 나이도 알 수 없고 딱히 의욕도 없어 보이고 게다가 의외로 여성스럽고."

점점 열을 올리는 치나츠에게 이제 그만해, 하고 말을 막는다. 어색한 공기가 흘렀다. 모처럼 치나츠의 기쁜 소식을 들은 밤이다. 왜 화가 나는지 모르겠지만 치나츠와 사이가 나빠진다면 P를 마음에 두는 건 그만두자.

　가게주인 이나가키 상이 주방에서 나와 어느 테이블의 한 무리에게 인사를 했다. 그러고 보니 이나가키 상이 가게주인이라는 걸 안 것도 사소한 대화에서 여러 가지 정보를 잘 얻어내는 치나츠 덕분이다. 치나츠는 아직도 조금 기분이 안 좋다는 듯이 꼬치구이를 볼이 미어지게 욱여넣고 있지만 이나가키 상이 가까이 오자 고개를 들고 밝게 미소를 짓는다.

　"오랜만이야, 치나츠 짱. 레이 짱도 잘 지냈어?"

　과연 가게주인이다. 그렇게 여러 번 오지도 않았는데 얼굴과 이름을 정확히 기억하고 있다.

　맞은편 테이블에서 단골손님 같은 아저씨가 쾌활하게 목소리를 높였다.

　"마스터, 나 오늘 생일이에요."

　이나가키 상은 웃는 얼굴로 그쪽을 돌아보더니 생일 축하합니다, 하고 인사했다.

　"축해해, 말로만 말고 뭐 없어요? 축하 서프라이즈 같은 거."

"서프라이즈 말이죠."

이나가키 상이 웃으며 말했다.

"요코야마 상이 손님 전원에게 돔페리뇽(프랑스 최고급 샴페인-옮긴이)을 한턱 쏩니다, 는 어떨까요?"

"여봐 여봐, 내가 내는 거라고?"

요코야마 상이라 불린 아저씨와 일행 서너 명이 크게 웃어대자 이나가키 상은 치나츠를 향해 돌아섰다.

"치나츠 짱, 생일축하 노래 좀 불러줄래?"

치나츠는 휙 나를 본다.

— 괜찮아?

— 괜찮아.

시선을 주고받은 후 치나츠는 이나가키 상에게 손가락으로 오케이 사인을 보냈다.

"자, 여기 좀 보세요. 이쪽 학생들이 요코야마 상에게 생일축하 노래를 선물합니다. 잘 들어주세요."

치나츠와 나는 일어서서 요코야마 상과 그 일행이 앉은 테이블 옆으로 갔다.

생일축하 노래를 부를 때 첫 음을 맞출 필요가 없다는 것, 이상한 일이다. 누구와 불러도 그 자리의 분위기에 맞춰서 적당한

'생' 음이 잡힌다. 아니면 치나츠와 불러서일까.

치나츠가 집게손가락으로 작게 두 번 카운트다운 한 걸 신호로 우리는 노래를 시작했다.

생일 축하합니다

처음 두 소절로 눈앞의 남자들이 숨을 멈추는 게 느껴졌다.

생일 축하합니다

다음 두 소절에서 얼굴에 놀라움이 번졌다.

사랑하는 요코야마 상

그다음 두 소절이 정확히 화음을 이루었을 때, 그들의 매료된 표정이 보였다.

생일 축하합니다

마지막 두 소절을 길게 3박 늘려서 노래를 끝내니 한순간 정적이 흐르다가 가게 안은 바로 박수갈채에 휩싸였다.

"브라보!"

"와, 굉장해, 둘 다!"

"앙코르!"

여기저기서 들리는 환호 소리에 우리는 서로 눈을 마주치고 웃었다.

"건배하죠, 마스터. 이 학생들 잔도 가져오고."

분위기가 한층 고조되려는 차에 웃는 얼굴로 핑계를 댔다.

"아니에요, 우린 이제 가려던 참이었어요."

"같이 축하할 수 있어서 기뻤어요. 생일 축하드립니다."

가방과 겉옷을 들고 서둘러 가게를 빠져나왔다.

빠른 걸음으로 밤길을 걸으면서 킥킥 웃는다. 즐거웠다. 단지 생일축하 노래로 마음이 채워졌다. 치나츠와 조화를 이루면 완벽하다. 호흡이 딱딱 맞는다. 서로가 서로를 배려하며 맞출 수 있다. 얼핏 보니 옆에서 걷는 치나츠도 뺨이 발그레하다.

"치나츠, 축하해."

나중에 어떤 역할인지 자세히 물어봐야지.

"고마워."

P 얘기는 이제 아무도 하지 않는다. 밝고 기분 좋은 밤이다.

왜 그때 이나가키 상은 치나츠에게 노래를 부탁했을까? 치나츠가 노래를 잘하는 걸 어떻게 알았을까? 문득 의문이 스치기는 했다. 하지만 좀 더 큰 의문에 가려졌다.

그건, 첫눈에 반한 걸까, 그렇지 않은 걸까. 사랑일까, 그렇지 않은 걸까. 아무것도 모르는 채 나는 여기에 있다. 생일축하 노래를 부른 다음 날 다시 다이콘야에 찾아가 운 좋게 아르바이트 자리를 얻었다. 일주일에 세 번, 저녁 7시부터 11시까지. 그가 바로 옆에 있다. 그것만으로 기분이 좋아진다.

아니, 거짓말이다. 그것만으로 좋다고 하면서 방어막을 치고 있다. 그 사람은 지금도 대단히 신경 쓰인다. 하지만 그는 내게 별 관심이 없는 것 같았다. 내게 관심 없는 사람에게 다가설 용기는 없다. 당연히 나에게 관심 같은 건 없을 것이다. 노래밖에 생각하지 않는 스무 살에게 매력을 느낄 리가 없다. 지금껏 노래를 부르는 것밖에 생각하지 않았다. 그런데 지금은 노래를 부르는 것조차 쉽지 않다.

처음 만난 날 입고 있던 P 셔츠는 그 후에도 가끔 봤지만 특별히 의미가 있는 것 같지는 않았다. 내게는 강약 기호의 P로 보였는데. 강약 기호의 P, 피아노=여리게. 언제나 자기주장이 강한 사람들에게 둘러싸여 있었기 때문에 소리를 낮추는 느낌이 좋다. 마음대로 그렇게 생각했을 뿐이다. 어쩌면 주차장을 뜻하는 P일지도 모르고 누군가의 이니셜이었는지도 모른다.

아르바이트를 하는 건 처음이었다. 한동안 긴장했다. 별로 눈치가 빠르지 않다는 걸 스스로도 알기 때문에 가능한 한 도움이될 수 있도록 신경을 곤두세웠다. 실제로는 일하는 시간 내내 주방 한쪽에 있는 큰 싱크대에서 설거지만 하다가 어쩌다 일손이 모자랄 때 홀에 나가 접시를 치우는 정도다.

"지금 공부하지 않으면 언제 하겠니?"

엄마의 말이 문득 떠올랐지만 아르바이트도 공부라고 생각했다. 무슨 공부가 될지는 잘 모르지만 아무것도 하지 않는 것보다 낫다고 생각한다.

그날 밤 가게에 없었던 직원들에게도 내 이름은 노래 잘하는 레이 짱, 으로 알려져 있었다. 애칭이 붙는 게 나쁘진 않다. 노래 잘하는 레이 짱이면 된다. 부정할 필요도 없다. 그렇게 생각하려는데 조금씩, 조금씩, 우울해졌다.

어느 날 주방에서 P가 날 보고 노래 잘하는 레이 짱, 이라고 장난치듯 불렀다. 반사적으로 아니에요, 하고 말했다.

"아니라니 뭐가?"

P가 되묻는다. 천진한 눈만 봐서는 또래같이 느껴진다.

"노래 잘 못하는데요."

"무슨 소리, 그날 밤에 가게에 있었거든. 저기서 네가 노래하는 걸 들었어."

"같이 있던 친구가 잘한 거예요. 전 아니에요."

내가 생각해도 고집스럽다. 왜 그렇게 고집스럽게 부정했을까?

그 정도로 잘한다는 말을 들으면 부끄럽다. 바라던 바가 아니다. 아니 아니, 사실은 그렇지 않아요, 진지하게 노래하면 훨씬 더 대단할걸요, 이런 생각을 해버린다.

이 웃긴 자존심을 어떻게 해버리고 싶었다.

"친구라면 치나츠 짱?"

"치나츠를 아세요?"

P는 우습다는 듯이 웃었다.

"알아. 잘 알지."

뭐가 우스운지 모르겠고, 게다가 왜 이 사람이 치나츠를 잘 아는지도 몰라서 말없이 그냥 서 있었다. P는 웃으며 홀로 돌아갔다.

그러고 나서 제정신이 들었다. 좀 더 다르게 말할 방법이 있지 않았을까. 어쨌든 P가 나에게 말을 걸었다. 노래 잘하는 레이 짱이라도 괜찮지 않았을까. 좀 더 귀엽게 대답할 수 없었을까.

노래하는 것만 생각한 결과인지도 모른다. 이렇게 나는 기회를 놓쳐왔다. 누군가에게 다가설 기회를. 바로 재치 있는 대답을 하지 못해서 대화가 이어지지 않는다. 화기애애한 분위기를 만들지도 못한다. P뿐만이 아니라 다른 직원도, 손님도, 남자든, 여자든, 젊든, 나이 들었든, 나와 친하게 지내고 싶다는 생각은 아무도 하지 않을 것이다.

아니, 그보다 P가 친근하게 말을 건 걸 축복하자. 그렇게 신경 쓰이던 사람이 별 뜻 없었다 해도 내게 말을 걸었다. 그건 좀 더 기뻐해도 되는 일이 아닐까? 그렇게 침착하게 곱씹는 순간 이건 사랑이 아니다, 라고 깨달았다. 역시 사랑 같은 건 아니었다.

주방 창에서 이나가키 상이 레이 짱 잠깐, 하고 손짓으로 불렀다.

"미안한데 생일 노래 또 부탁해도 될까?"

한순간 망설였다. 오늘은 치나츠도 없다. 혼자서 어떻게 생일 축하 노래를 부를 수 있을까?

"부탁해."

웃는 얼굴로 부탁하는 바람에 고개를 끄덕이고 말았다. 오늘이 생일이라는 손님 얼굴을 보고 나서 결정하자. 그 사람을 보고 부르고 싶어지면 부르자.

노래를 잘한다는 게 어떤 걸까 생각한다.

좋은 발성, 풍부한 성량, 정확한 음정, 노래 사이의 자연스러운 연결, 노래에 대한 이해, 해석, 감정을 싣는 방법. 다양한 요소가 노래를 잘하는지 못하는지를 결정한다. 이로써 성악과인 우리의 모든 것이 결정된다고 봐도 무방하다.

그러나 생일축하 노래를 불렀을 때의 그 감정은 무엇일까? 노래로 누군가를 기쁘게 한다, 지금 여기에 있는 사람의 마음을 울린다, 이 감정은 무엇일까?

기술이란 무엇일까? 소리의 질이란 얼마나 중요한 걸까? 타고난 것과 후천적인 노력 중에 무엇이 어디까지 영향을 줄까? 모른다. 모르기 때문에 노력하고 연습할 수밖에 없다. 가느다란 희망의 끈을 놓지 않고.

아직 가슴에 기쁨이 남아 있다. 주방에서 차례차례 들어오는 그릇을 닦으면서 생일을 맞은 좀 전의 손님을 떠올린다. 처음에는 좀 쑥스러워하는 것 같았다. 눈앞에 선 여대생이 자신을 위해 축하 노래를 부른다면 어떤 얼굴을 하고 들어야 좋을지 당황스러울 것이다. 나도 마찬가지였다. 하지만 그런 망설임은 바로 사라졌다. 생일축하 노래의 '생'을 노래하기 시작한 순간 세상이 선명하게 물들어 보였다.

노래가 끝났을 때 고마워요, 하며 웃는 얼굴로 손님이 손을 내밀어서 자연스럽게 악수했다. 분명 나도 환한 얼굴을 하고 있었을 것이다.

노래에 감정을 충분히 싣지 못한다며 고민하던 게 거짓말 같았다. 노래는 전하고 싶은 마음을 싣는 수레가 되어 경쾌하게 내달렸다. 노래 그 자체가 가진 힘과 내가 지닌 힘, 그것이 함께 울려서 듣는 사람의 마음에 가닿았을 것이다. 이런 간단한 걸 평소에는 왜 못하는 걸까? 전하는 마음이 없어서일까, 노래하는 상대가 없어서일까. 감정을 모두 담을 수 없는 노래를 할 때는, 특정 상대가 아닌 불특정 다수를 위해 노래할 때는 어떻게 하면 좋을까.

노래를 들어주는 누군가를 생각하고 순수한 감정을 끄집어내어 그것을 표정으로 나타내는 장면을 상상해본다. 이상하다. 그건 연기가 아닐까? 나는 악기이고 연주자이기도 하다. 좋은 노래도, 그렇지 않은 노래도 내 몸을 진동시켜 연주하지 않으면 안 된다. 슬픈 노래를 부를 때마다 눈물을 흘린다면 몸이 견디지 못할 것이다.

"빰-빠-빠 빰빰, 빠-빠-빠-빠-빰빰빰빰."

시상식(원곡은 헨델의 오라토리오 〈보아라 시온의 용사 돌아온다〉이며 일본에서는 찬송가 130장으로, 국내에서는 165장으로도 알려져 있다-옮긴이) 때 자주 나오는 노래를 작은 소리로 흥얼거리면서 아르바이트 하는 청년이 맥주를 나른다. 내 옆을 지나가면서 한마디한다.

"굉장히 좋았어, 좀 전에 부른 노래."

"고마워요."

하지만 상을 받을 정도는 아니라고 혼자 생각한다.

기뻐하라 찬양하라 시온의 딸, 주의 백성이여

시상식 노래로 알려진 찬송가 130장은 중학교 때 처음 들었다. 시온의 딸이 시민을 뜻한다는 걸 모르고 '시온 씨의 딸'이라는 의미로 생각해서 공감을 느꼈다. 누군가의 딸로만 인식되는 건 괴로운 일이다. 그 누군가가 위대한 인물이든, 뒤에서 손가락질을 받는 누군가든.

어쩌면 나도 미키모토 히비키의 딸로 일생을 마치는 게 아닐까. 막연한 불안에 휩싸였다. 엄마에 대한 마음이 비뚤어진 건

〈시온의 딸〉이 계기였는지도 모른다.

노래를 부르고 싶은 마음은 강하다. 하지만 잘 부를 자신은 역시 없다. 노래가 모두 생일축하 노래 같으면 좋을 텐데. '생일축하해' 말고 다른 사람에게 전하고 싶은 대단한 게 있을까? 모르겠다. 아무것도 없을 것 같은 생각이 든다. 있다고 해도 기껏해야 내가 전하고 싶은 건 미미한 게 아닐까? 다른 사람에게 가닿게 할 필요가 있을까. 그렇게 생각하면 뭐가 뭔지 모르게 된다. 나는 왜 노래하는 걸까? 뛰어난 노래인지 아닌지는 뭐로 결정되는 걸까?

아가씨, 하고 불러서 돌아보았다.

"일하다 말고 무슨 생각해?"

P였다. 홀에서 빈 접시를 치우고 오는 중이었던 것 같다.

"죄송해요."

다시 그릇을 씻기 시작하는데 등 뒤에서 말이 들려왔다.

"오늘 알바 끝나고 다들 노래방 가는데 아가씨도 가지 않을래?"

무심코 돌아보았다. 좀 전에도 같은 말을 들었기 때문이다.

"아가씨라뇨?"

혹시 미키모토 히비키의 딸을 말하는 걸까? 요즘은 신경 쓰지 않으려고 하지만 내가 엄마의 명성을 따라가지 못하는 건 분명했다. 엄마와 비교하면 나는 아무것도 아니다.

너무 지나친 생각일까? 내가 미키모토 히비키의 딸이란 걸 이 사람이 알 리가 없다.

"아아."

P는 다정하게 미소 지었다.

"레이 짱이라고 부르는 거 싫어하잖아? 미키모토 상은 왠지 귀한 집 따님 같으니까. 다들 그냥 그렇게 불러. 아, 싫은 건 아니지?"

싫었다. 나는 내 노래가 공주님의 고상한 취미로 보이는 것이 싫었다. 귀한 집 딸처럼 보이는 것도 싫었다. 하지만 말할 수 없었다. 다만 애매하게 고개를 끄덕였다.

"근데 갈 거야? 노래방?"

작게 고개를 흔들었다.

사실은 가고 싶었다. 웃거나 노래하는 P 가까이에 있고 싶었다. 사랑이 아니더라도 왠지 끌렸다.

하지만 노래방에서는 노래할 수 없다. '노래 잘하는 레이 짱'이 되는 것도 두렵다. 사실은 별로 잘 부르지 못한다, 과에서 일곱 번째 정도밖에 안 된다, 라고 변명하고 싶어질 것 같았다. 생각만 해도 우울하다.

P는 고개를 숙인 나를 두고 홀(hall)로 나가다가 무슨 생각을 했는지 돌아보았다. 그러고는 내 얼굴을 들여다보며 그럼, 하고 뜸을 들여 말했다.

"그럼, 커피와 홍차 어느 쪽이 좋아?"

"예?"

P는 싱긋 웃었다.

"치나츠 짱 친구라면 아직 미성년이잖아. 술을 마시게 할 수는 없고 여기 끝나고 맛있는 커피 마시러 갈래?"

나는 고개를 끄덕였다. 그러고 보니 치나츠는 생일이 빨라서 열아홉 살인데 어떻게 그걸 아는 걸까. 혼란스러워졌다. 홍차를 좋아한다는 말은 하지 못했다.

"커피 맛있게 끓이는 법 가르쳐줄게."

P가 귓가에 속삭인 말의 의미를 못 알아들은 척했다. 여러 가지 일이 사회 공부고 그것들은 모두 노래로 이어진다고 믿고 싶었다. 맛있는 커피 끓이는 법을 어디에서 어떻게 가르쳐줄 셈인지, 생각하지 않기로 했다.

휴대전화에 문자가 와서 확인하니 치나츠였다.

— 오늘 밤에 가도 돼?

— 응, 괜찮아.

그러고 보니 최근에 자주 만나지 못했다. 다음 공연에서는 혼자 노래하는 배역을 맡았다고 의욕이 넘쳤다. 분명 연습하느라 바빴을 것이다. 문자 답을 보내고 한 시간 정도 지나서 치나츠가 도착했다.

새 CD를 사 왔다고 한다. 현관에서 신발을 벗는데도 조급한 마음이 느껴진다.

"벌써 들어봤지?"

건네받은 비닐봉투에서 내용물을 꺼내니 엄마 — 미키모토 히비키 — 의 새 연주 앨범이었다. 늦은 오후에 방에 비쳐드는 빛만으로 찍은 듯한, 흑백사진에 가까운 재킷 사진 속에서 바이올린을 든 엄마가 조용히 미소 짓고 있었다.

"말했으면 한 장 정도는 줄 수 있는데."

코트를 벗으면서 치나츠는 고개를 흔들었다.

"아니, 사고 싶었어. 가게에서 살 때도 직원에게 꼭 미키모토 히비키 CD가 어디에 있는지 물어보고 사. 사실 어디에 있는지 알면서도 말이야."

욕조 옆에 있는 작은 세면대에서 치나츠는 손을 씻었다. 그리고 꼼꼼하게 양치질을 시작했다. 목 관리는 중요한 일이다.

차를 준비하기 위해 물을 끓이면서 CD 재킷 속의 엄마를 떠올렸다. 예쁘다는 말을 많이 듣던 엄마도 역시 나이가 들었다. 그런데도 뭘까, 그 여유는. 따뜻하고 깊은 저 미소는.

"많은 사람이 미키모토 히비키의 이름을 기억하면 좋겠어. 그래서 그 음악을 들으면 좋겠어. 모두 마음이 편안해져서 좀 더 다정해지고, 하고 싶은 일을 할 의욕이 생길 테니까."

침대 옆에 앉아서 치나츠는 CD를 손에 들고 바라보았다.

"몇십 년 뒤에 나도 이렇게 될 수 있으면 좋겠어."

어딘가 약간 어색하다. 무슨 일일까, 치나츠가 평소보다 조금 말이 많다.

하긴 치나츠는 언제나 기분이 좋았다. 극단 연습과 아르바이트로 지칠 법한데도 만나면 생기 있고 즐겁게 재잘거렸다. 늘 친절하고, 나를 과대평가한다고 느껴질 때도 자주 있었다.

갑자기 생각났다는 듯이 치나츠가 고개를 들었다.

"레이, 넌 왜 아르바이트를 해?"

"일하고 싶어서. 노래뿐만 아니라 많은 곳을 보고 싶으니까."

준비해둔 대답을 했다. 나를 위해서 준비해둔 대답이다. 지금은 공부할 때가 아닐까? 노래를 위해 시간도 마음도 좀 더 쏟아야 하는 게 아닐까? 그렇게 묻고 싶어지는 나를 위해서.

차를 한 모금 마시고 나서 치나츠가 입을 열었다.

"계속 생각했는데 말이야……."

역시, 갑자기가 아니다. 얘기하려고 계속 마음속에 품고 있던 생각이 있었다.

"……그만두는 게 좋겠어. 레이가 다이콘야에서 알바를 한다니 헛발을 딛는 느낌이 들어."

"그럴지도. 헛발."

헛발이라고 소리 내어 말하니 경쾌한 어감 때문에 조금 웃음이 새어 나왔다. 조금도 우스운 얘기가 아니었는데. 헛발을 한자로 어떻게 쓰더라, 엉뚱한 생각마저 한다.

치나츠는 고교 시절에 처음으로 사귄 친구였다. 그때 이후로 나에게 비난투로 말한 적은 없다. 그래서 효과가 있었다. 비난이 아니라 충고일까? 아르바이트는 그만두는 게 좋아, 일까. 정말로 그럴까?

나도 치나츠를 나쁘게 생각한 적이 없다. 치나츠의 충고라면 순순히 듣는 게 좋다고 생각한다. 하지만…….

바쁘면 바쁠수록 치나츠는 우리 집에 자러 왔을 것이다. 한동안 오지 않는 걸 바쁜 탓으로 돌리던 내게도 역시 마음 한구석에 치나츠를 피하려는 마음이 있었는지도 모른다.

"레이, 여름방학에 혼자서 목적지도 없이 여행 갔었잖아. 그 것도 마찬가지란 생각이 들어."

왜 아르바이트와 여행이 같은 건지 모르겠다. 같은 값이면 여 행이 즐겁다 — 아니, 즐겁지 않을지도 모른다, 적어도 여름방 학 때 혼자 한 여행은 즐겁지 않았다. 뭘 위해서 여행을 떠났는 지도 모를 만큼 그저 고민하면서 걷고 고민하면서 돌아왔다.

"그리고 P도."

갑자기 P를 끄집어내서 가슴이 내려앉았다. 치나츠가 P 얘기 는 하지 않을 거라고 생각했다.

"눈앞에 있는 걸 똑바로 보지 않고 다른 일로 마음을 달래는 건 본인이 제일 괴로울 거라고 생각해. 알바도, 여행도, P도 레 이의 헛발이야. 언제까지나 멈춰 있으면 한 발짝도 움직이지 못해."

치나츠는 그 말을 하더니 휙 일어났다.

"코코아 타줄게. 엄청나게 맛있게 타는 법 배웠어."

주방으로 향하는 치나츠에게 물었다. 목소리가 떨릴 것 같았다.

"누구한테 배웠는데?"

응, 치나츠는 등을 돌린 채 대답했다.

"알바 하던 찻집에서. 이걸 알게 된 거 하나로도 알바 한 보람이 있었어."

무릎을 구부리고 부엌의 작은 냉장고를 열어 안에서 버터와 우유팩을 꺼내고 있다.

"우유 좀 모자랄지 몰라."

사 올까, 말하려다가 그만둔다.

"그럼, 같이 마시면 되잖아."

그렇다, 같이 마시면 된다. 한 잔의 코코아. P가 치나츠에게 만드는 법을 가르쳐줬겠지. 지금까지 눈치채지 못했는데 묘한 확신이 들었다.

"그 알바 지금도 해?"

이쪽 방에서 물으니 치나츠는 여전히 가스레인지 앞에서 등을 돌린 채 대답했다.

"아니, 깔끔하게 그만뒀어."

치나츠는 불 위의 작은 냄비를 천천히 젓고 있다.

어떤 생각으로 P에게 끌리는 나를 보고 있었을까. 처음에 그 가게에 데려간 건 치나츠였다. 그때는 벌써 그만둔 후였을까, 아니면 아직 알바 하던 중이었을까. 치나츠의 복잡한 마음속을 조금도 헤아릴 수 없다.

여행에서 본 바다표범도 아르바이트도 P도 하나로 이어져 있다고 생각했다. 운명까지는 아니라고 해도 겪어야 할 경험이었다고. 하지만 헛된 경험도 있는지 모른다. 하지 않아도 좋은 경험, 하지 말았어야 하는 경험. 그것이 언젠가 다른 모습으로 되살아날지도 모르고 후회로 끝날지도 모른다.

음악만이 인생은 아니다. 우리 인생은 좀 더 많은 것을 머금고, 많은 것을 느낄 수 있게 짜여 있다. 그렇게 생각한다. 하지만 어딘가에 걸려 넘어지기도 한다. 음악이 모든 것은 아니지만 일부분도 아니다. 인생에는 많은 것이 담겨 있지만 음악은 그걸 덮고 있는 공기와 같다. 혹은 바닥에 흐르고 있다. 떼려야 뗄 수 없을 만큼 깊이 녹아 있다.

"이거 들어봐도 돼?"

"당연하지."

돌아보지도 않고 치나츠가 대답한다. 비닐을 벗겨내고 케이스에서 은색 디스크를 꺼낸다. 스테레오 전원을 켜니 곧 조용하게 바이올린 선율이 울리기 시작한다. 얼마나 깊이 있는 음색인가. 듣기만 해도 눈물이 흘러내렸다.

"이거 무슨 곡이었더라?"

치나츠가 코코아를 가지고 왔을 때 나는 바닥에 앉아 무릎에 얼굴을 묻고 있었다.

"〈시온의 딸〉."

왜 눈물이 나는지 알 수 없었다. 내 노래의 한계도, 앞으로 걸어갈 좁은 길도, 모두 알아버린 것 같은 마음이었지만 이렇게 깊어가는 음악이 있지 않은가.

"몇십 년 뒤에 나도 이렇게 될 수 있으면 좋겠어."

치나츠는 한 번 더 그 말을 했다. 정말이다. 내가 모르면 이상한 것이다. 나는 미키모토 레이, 미키모토 히비키의 딸이다. 지금 이대로가 아니다. 미래가 있다. 헤매더라도 앞으로 나아간다. 여기서 헛발을 디디고 있을 수는 없다.

"치나츠, 몇십 년 지나서도 같이 노래하자."

내 말에 치나츠는 웃으며 대답했다.

"영광이지."

지금은 아득히 안개에 가린 듯 희미해서 보이지 않는다. 들리지 않는다. 그때쯤 우리는 어떤 노래를 부르고 있을까?

2장

슬라이더스믹스

도서관에 들러 뭘 좀 찾을까 하고 학교 건물 옆을 걷고 있을 때였다.

맞은편에서 걸어오는 남자가 눈에 들어왔다. 재킷을 걸친 몸이 훤칠했기 때문일까, 머리가 어깨에 닿을 만큼 길었기 때문일까, 어쩌면 어깨에 메고 있는 검은 케이스가 눈길을 끌어서인지도 모른다.

이곳 캠퍼스를 오가는 학생들 대부분은 학생회 행사가 없는 한 재킷 같은 건 입지 않는다. 머리도 대부분 짧은 학생이 많고 마른 체형의 남학생은 거의 보이지 않는다. 게다가 어깨에 멘

케이스. 테니스 라켓이 아니다. 배드민턴 라켓도 아니다. 검도에서 쓰는 죽도도 아니고 활도 아니다. 농구공이나 배구공도 아니다. 양궁보다는 좀 작으려나.

케이스에 정신이 팔려 있던 탓에 멈춰 선 남자가 나를 보고 있는 것도 한동안 몰랐다. 눈을 마주치고 나서야 알았다. 그 사람은 오른쪽 어깨를 조금 올려서 케이스를 다시 메더니 천천히 내 쪽으로 다가왔다.

"공연장이 어딘가요?"

외모로는 상상도 되지 않는 흐르는 비 같은 목소리였다. 그것도 이 부근에 내리는 흔한 빗소리가 아니다. 소리 없이 초원에 비가 내리던 영화 속 한 장면이 떠오른다. 그 풍경이 조용히 가슴에서 되살아났다. 나는 뒤편에 있는 육각형 건물을 가리켰다.

"저쪽이에요."

그 사람은 내가 가리키는 쪽을 보면서 미소라기보다는 좀 더 선량한 표정으로 웃었다.

"고마워요."

20대 후반쯤으로 보이지만 좀 더 젊을지도 모른다.

"별말씀을요."

인사하고 지나오면서 내 입에서 별말씀을요, 같은 말이 갑자기 나온 것에 조금 놀랐다. 내 목소리는 빗소리와 조금도 닮지 않았다.

도서관은 거기서 금방이었다. 도서관에서 운동생리학 책을 찾았다. 리포트 과제를 써야 한다.

운동 - 골격근, 운동 - 신경, 운동 - 호흡.

목차를 훌훌 넘겨보니 어느 책이나 운동과 연계해서 공부해 둬야 할 항목이 여러 개 나온다. 이런 내용은 이미 익숙하다. 한 번 읽고 리포트로 정리하면 된다. 하지만 가끔씩 기분이 가라앉을 때는 그만 생각에 빠져버리고 만다. 그때 나는 아무것도 몰랐다고.

중학교 때 소프트볼부에서 무리하는 바람에 어깨를 다쳤다. 나는 늘 승리의 주역이라고 주변에서 치켜세우던 투수였다. 신체 구조나 몸 다루는 법을 그때 조금이라도 알았더라면, 하고 생각한다. 내 어깨는 무사하지 않았을까? 아직 던질 수 있지 않을까?

생각해도 아무 의미 없는 일이다. 물론 알고 있었다면 좋았을 것이다. 어깨도 문제없고 아직 에이스로 공을 던지고 있을지도 모른다. 하지만 뭐가 달라질까. 언젠가는 분명 에이스로 뛸 수 없는 날이 온다. 빠르든 늦든, 기껏해야 몇 년 정도밖에 차이 나지 않는다면 크게 달라질 건 없다. 오히려 그 몇 년 동안 빛나는 인생의 의미가 가득할수록 내려놓을 때 더 큰 타격을 받을 것이다. 일찍 포기할 수 있어서 다행이었는지도 모른다. 그렇게 스스로를 다독이면서 그렇지 않다, 고도 생각한다. 나는 일 년이라도, 한 달이라도, 하루라도 더 오래 에이스로 공을 던지고 싶었다.

이내 머리를 흔든다. 이런 생각을 하는 건 마음이 약해졌다는 증거다. 우선 알았더라면, 도 성립되지 않는다. 몰랐던 것이다. 이제 와서 후회해도 소용없다.

도서관에 앉아 운동생리학 책을 펼친다.

여기에서 이 책을 펼치고 몰랐던 사실을 알고 놀란 학생이 어느 정도나 될까? 이 책을 무릎에 올려놓은 채 지금까지 경기를 하면서 보낸 나날을 돌아본 학생이 틀림없이 많을 것이다. 애초에 이 강의를 듣는 학생들 상당수가 빛나던 '그때'를 가진 사람들이 아닐까 생각한다. 나처럼 예전에 선수였거나, 혹은 지금도 현역 선수인, 하지만 사정이 있어서 새로운 길을 찾고 있는 사람들. 결국 순조로운 선수 생활을 보내고 온 사람은 거의 없을 것이다. 그렇지 않다면 굳이 그림자 역할인 스포츠 트레이너 양성 강의를 듣는 일은 없을지도 모른다. 원래라면 아직 충분히 미래가 창창할 나이에.

'그때'가 나를 압박한다. 상처 내고 좀먹고 있다. 이미 타협한 과거인데도 어떤 계기가 있을 때마다 떠오른다. 만약 그때 그랬더라면, 하고 상상하면서 '그때'가 특히 강조된다. 그때의 반짝임은 과장되어 점점 더 빛나고 그때 이후의 인생은 그림자가 된다.

나를 가엾게 여기고 싶지 않았다. 대학에 진학할 때는 결심하고 스포츠과학부에 진학했다. 스포츠를 과학적인 관점에서 분석하고 운동선수를 지원하는 인재를 양성하는 곳이다. 몸과 마음을 다한 경기에서 몸을 다치고 그 경기를 미워하기까지 된, 예전의 나 같은 사람을 한 명이라도 줄이고 싶었다. 다만 장래성이라는 관점에서 전망이 밝다고는 할 수 없다. 얼마큼 수요가 있을지, 직업으로 해나갈 수 있을지, 확실한 보장이 없는 분야인데도 진학을 허락해준 부모님께는 감사한다. 엄마는 합격 통지를 받고 울었다. 울 만한 일은 아니다. 진짜 힘든 건 이제부터야. 그렇게 생각했지만 줄곧 걱정을 끼쳐온 엄마의 눈물에 아릿하게 가슴이 아팠다.

다만 생각대로 잘되지는 않았다. 열정이 생기지 않았다. 철없는 생각이라는 건 알고 있다. 그래서 누구에게도 얘기한 적이 없다. 하지만 아무래도 내가 선수였을 때, 늘 몸속에 품고 있던 뜨거운 마음을 잊지 못했다.

스포츠는 언제나 반드시 순위가 매겨진다. 기량의 차이가 눈앞에 제시된다. 그것이 나에게는 잘 맞았다. 남보다 몇 배는 노력했다. 노력을 좋아하는 건 아니다. 내 신체의 가능성을 알고 싶었을 뿐이다. 소용없다, 어떻게 할 수 없는 일도 있다, 고 몸은 가르쳐주었다.

혹독한 세계였다. 하지만 좋아했다. 그 세계에 있다는 걸 자각하고 갈고닦으며 노력하는 사람들을 좋아했다. 설령 나 자신은 이제 그 순위 매김에서 멀리 떨어진 곳에 있다고 해도 말이다. 그런데도 뜨거워지지 않는다. 도저히 내 일처럼 느껴지지 않는다.

지금 이대로 이 학교에 있어도 괜찮을까? 진심으로 누군가를 돌봐주고 도와주고 싶은 걸까? 경기에서 멀어지고 싶지 않아서, 미련을 버리지 못해 매달려 있는 게 아닐까? 내가 다하지 못한 꿈을 마음대로 누군가에게 떠넘겨서 이루려는 게 아닐까?

생각하니 우울해졌다. 모두 '예'이기도 하고 모두 '아니오'이기도 하다. 생각하면 생각할수록 모르겠다.

"어머, 사키."

안쪽 통로에서 나타난 여학생이 작게 손을 흔든다. 좀 전까지 같은 강의를 듣고 있던 미하루다. 분명 테니스 고교선수권대회에서 상위에 입상한 경험이 있다고 들었다. 긴팔 티셔츠에, 평소와 달리 운동복이 아닌 통이 좁은 긴 바지를 입고 있다.

"잘됐네, 여기서 만나서. 있잖아, 지금 시간 있어?"

"왜 그러는데?"

시간이 없는 건 아니었다. 하지만 무슨 일인지 물어보지도 않고 있다고 할 만큼 미하루와 친하지는 않다.

"학교에서 오케스트라 정기공연을 하는데 이번에는 게스트를 불렀기 때문에 관객이 적으면 좀 난처하대. 입장권 줄 테니까 보러 갈래?"

우리 대학 오케스트라는 평판이 좋은 편이다. 실제로 공연을 본 적은 한 번도 없지만.

대학본부는 시내에 있고 보통 문화 계통 동아리나 모임은 모두 그쪽에서 활동한다. 당연히 오케스트라도 그렇다. 대학본부에서 전철로 한 시간 반 가까이 걸리는 이쪽 캠퍼스에는 대운동장과 각종 경기장이 있고 학부나 동아리도 운동 계통뿐이다. 물론 우리 학부에서 오케스트라에 들어간 사람은 없다. 나도 '오케'가 오케스트라의 준말이라는 걸 최근에 알았을 정도다. 그래도 이곳에 제법 번듯한 공연장이 있는 걸 보면 학교에서는 오케스트라에 상당히 정성을 들이는 것 같다. 대학 안내문에는 지역사회 공헌의 일환이라고 명문화되어 있다. 하지만 굳이 여기서 연주회를 하다니 유별나다. 관객이 모이지 않는 것도 당연하다.

"시간 되면 가줄래?"

내민 입장권을 받아들고 애매하게 고개를 끄덕인다. 미하루는 이 연주회에 가려고 운동복을 갈아입은 것 같다.

아마 난 가지 않을 것이다. 클래식을 듣고 즐거웠던 기억이 한 번도 없다. 연주가 뛰어난지 어떤지도 모른다. 별생각 없이 함께 건네받은 안내문을 훑어보다가 연주회 곡명 목록에서 이상한 단어를 발견했다.

"나도 클래식은 전혀 몰라."

작은 목소리로 털어놓는 미하루도 분명 누군가의 부탁으로 입장권을 나눠주고 있을 것이다. 곡명에 대해 물어도 아마 모르겠지.

"알았어. 갈게."

분명하게 대답하니 미하루는 내 얼굴 앞에 엄지를 세웠다.

"고마워, 그럼 이따 봐."

미하루가 가고 나서 다시 안내문을 봤다.

〈슬라이더스믹스〉.

뭐지, 이 이상한 제목은. 슬라이더는 야구에서 투수가 던지는 변화구를 말하는 걸까? 그렇다면 어떤 곡일까? 어릴 때부터 슬라이더는 동경하는 구종(球種)이었다. 소프트볼에서 슬라이더는 아주 어려운 기술이다. 내 손을 떠난 하얀 공이 미트에 닿기 직전에 미끄러지듯 휘어서 방향을 바꾸는 모습을 상상하면 황홀했다. 그런 때만 내 몸은 뜨거워진다.

〈슬라이더스믹스〉. 핫케이크믹스처럼 섞이면 슬라이더가 되게 하는 뭔가일까? 아니면 회전시켜 떨어지는 슬라이더가 여러 개 섞인 것 같은 곡일까? 그렇다면 엄청난 곡일 것이다.

휴대전화로 시간을 확인한다. 공연 시작까지 얼마 안 남았다. 운동생리학 책을 두 권 빌려서 도서관을 나온다. 안내문에는 이것 말고는 별로 가벼운 곡명이 없다. 이 곡만 들을 수 있으면 좋겠는데.

〈슬라이더스믹스〉는 내 가슴에 곧장 날아들었다. 눈앞에서 빙빙 빠르게 회전하나 싶더니 쿵 하고 아래로 떨어졌다. 분명 슬라이더였다.

결국 나는 〈슬라이더스믹스〉 뒤에도 남은 곡을 모두 듣고 공연이 끝나길 기다렸다가, 있을 수 없는 일이지만, 대기실까지 찾아가려고 한다. 얼굴이 두꺼운 건 잘 알고 있다. 하지만 몸에서 뿜어 나오는 정열 때문에 참을 수가 없었다.

로비에 서 있는 안내 담당자에게 물어보니 단원들은 공연장 위층에 있는 대강의실에서 악기를 정리하거나 옷을 갈아입고 있을 거라고 한다. 계단을 두 칸씩 뛰어 올라간다. 문을 조금 열고 시끌시끌 활기찬 무리 속에서 그 얼굴을 찾는다. 비 같은─아니 그건 목소리다─설마 그런 슬라이더를 던질 거라고는 생각지도 않은, 순해 보이던 얼굴.

앞쪽에 있던 긴 스커트를 입은 여학생에게 물어본다.

"구보즈카 상은 어디 계세요?"

안내문에 작게 실려 있던 이름이다. 그녀는 내 신발을 흘낏 보고 나서 시선을 돌렸다.

"분장실에 계실 텐데요."

"저, 여기가 분장실 아닌가요?"

"여기는 단원들 분장실이에요. 악기도 두고요. 게스트를 이런 곳에 데려올 순 없죠. 실례잖아요."

스니커즈 같은 걸 신고 오는 게 아니었다. 실례잖아요, 라는 그녀의 말이 뭘 가리키는 건지 잘은 모른다. 장소에 어울리지 않는 신발, 복장. 이런 모습으로 게스트를 만나려고 하는 무례함. 애초에 만나려는 것 자체가 실례였는지도 모른다.

"죄송합니다."

왜 이 사람에게 사과하는지 모르겠지만 자신들의 게스트를 가볍게 보는 것에 분노하는 마음은 이해된다. 어쩌면 구보즈카 상이라는 그 사람은 유명한 연주가인지도 모른다.

하지만 어쩔 수 없다. 주저하다가 기회를 놓칠 수는 없다.

"로비에서 무대 뒤쪽으로 돌아가는 통로가 있어요, 그 끝이에요."

거기에 게스트를 위한 분장실이 있다는 걸 이해하기까지 조금 시간이 걸렸다.

고마워요, 말을 마치자마자 로비로 달렸다. 계단 옆에 있는 점점 좁아지는 통로 끝에 분장실로 이어지는 문이 있었다.

적어도 꽃다발 정도는 가져왔으면 좋았는데, 분장실 문을 두드리면서 후회했다. 옷도, 신발도, 분명 나 자신도 여기에는 어울리지 않는다. 하지만 어쩔 수 없다. 여기 올 계획 같은 건 없었으니까. 연주회에 간 것은 순전히 우연이었다. 더구나 분장실을 찾아오다니, 불과 두 시간 전의 나라면 생각지도 못할 일이다. 그 곡에, 그 연주에 마음이 흔들렸다.

문을 여니 이제 열기가 가라앉은 담담한 분위기 속에서 서너 명이 악기를 정리하고 있었다. 그 검은 케이스도 보였다. 그 사람이 어깨에 메고 있던 케이스다.

"실례합니다, 구보즈카 상."

소리 내어 이름을 부른다. 안쪽에서 황금색 악기를 둘로 분해하고 있던 사람이 놀란 듯이 고개를 들었다. 객석에서 올려다본 얼굴과, 아까 길을 물었을 때의 얼굴과, 지금 이 얼굴이 모두 다른 얼굴 같았다.

들어가도 되는지 몰랐지만 아무도 그다지 신경 쓰는 것 같지 않았기에 구보즈카 상 옆까지 다가갔다.

"갑자기 죄송해요. 연주 잘 들었습니다."

하고 싶은 말은 따로 있는데 어떻게 전해야 할지 몰라서 말이 잘 나오지 않는다. 내게는 중요한 것이 이 사람에게는 대단찮은 건지도 모른다, 하는 두려움이 꾸역꾸역 고개를 쳐든다.

"〈슬라이더스믹스〉, 정말로 좋았어요."

용기를 짜내어 말했더니 구보즈카 상이 빙긋 웃었다.

"고마워요."

웃으니 왼쪽에 덧니가 드러나서 아이처럼 보였다.

"이런 슬라이더가 있구나, 하고 깜짝 놀랐어요."

〈슬라이더스믹스〉는 경쾌하고 즐거운 곡이었다. 우리 대학 오케스트라를 뒤에 두고 네 명의 트롬본 연주자가 앞에서 독주 곡을 연주한다. 구보즈카 상 이외에 오케스트라 단원 중에서 두 명, 오케스트라 지휘자 중에서 한 명. 네 명의 솔로가 곧 한데 어우러져 파도가 되어 서로 울려 퍼지며 공연장을 가득 채웠다. 사중주는 멋졌다. 하지만 구보즈카 상의 트롬본은 음색의 시원함이 완전히 달랐다. 속삭이는 것 같기도 하고, 웃는 것 같기도 했다. 마치 나를 부르는 것처럼 느껴질 때는 나도 모르게 마음속으로 예! 하고 대답했다. 똑바로 손을 들고. 그랬더니 점점 즐거워져서 더 이상 참을 수 없는 기분이었다.

"좀 더 긴장감이 있는 날카로운 곡을 떠올리고 있었거든요. 그래서인지 신선하고, 재미있고, 넓고, 뭔가 자유롭구나, 하는 생각이 들었어요. 연주를 들어서 정말 좋았어요."

"그래요, 그거 다행이네."

구보즈카 상은 고개를 끄덕였지만 조금 의아스러운 듯도 보였다. 그야 그럴 것이다. 느닷없이 분장실에 들이닥쳐서 신선하다느니, 자유롭다느니, 자기 좋을 대로 말하고 있으니 대처하기 난처한 건 당연하다. 부끄러운 짓을 하고 있다고 생각한다. 누가 부르는 듯한 느낌이 들었지만 이 사람은 나를 부르지 않았다. 잘 알고 있는데 나는 아직 여기에 우두커니 서 있다. 아직 할 말이 남았다. 정말로 하고 싶은 말을 하지 못했다. 그런 생각 한편으로 할 말 같은 건 애초 없었다는 생각도 든다. 나는 다만 이 사람 옆을 떠나고 싶지 않은 게 아닐까, 하고 생각한다. 그 사람 옆에서 그 곡의 비밀을 알고 싶다. 가능하면 그 곡을 계속 듣고 싶다.

그는 내 얼굴을 들여다보며 말했다.

"저기 말이야, 혹시 뭔가 착각하는 건 아닐까? 트롬본인데 왜 날카로움을 연상했지?"

"트롬본 연주곡이란 걸 몰랐어요."

"그래? 하지만 슬라이더는 트롬본에만 붙는 말이야."

"예?"

변화구 슬라이더를 말하는 게 아닌가? 이번에는 구보즈카 상이 재미있다는 듯이 나를 봤다.

"그럼, 저기, 슬라이더는 트롬본의 어디에 있는 건가요?"

난처한 표정으로 물었다.

"이렇게 왼손으로 악기를 들고 오른손으로 U자형 부분을 조작하잖아. 그 부분을 말해. 미끄러지니까 슬라이더."

손짓으로 트롬본을 부는 모습을 재현해주었다.

"다른 악기라면 불가능하지만 트롬본은 슬라이더로 미끄러지는 음을 낼 수 있으니까, 음을 계속 이어갈 수 있거든."

마치 초등학교 합주단에게 가르치는 듯한 말투다.

"그런데 네가 생각한 슬라이더는 어떤 거였는데?"

"아뇨, 아니에요."

차마 야구의 슬라이더 같은 곡을 기대하고 들었다고는 말하지 못한 채 우물거렸다.

"그러고 보니 아까 공연장 가는 길 가르쳐준 학생이네."

예, 고개를 끄덕이니 구보즈카 상이 싱긋 웃으며 작은 소리로 말했다.

"그럼 이번에는 이 부근에서 차 마실 가게 좀 가르쳐줄래?"

예, 또 고개를 끄덕이니 구보즈카 상은 악기를 넣은 검은 케이스를 어깨에 멨다.

"너도 같이 가줄 거지?"

"예?"

"〈슬라이더스믹스〉 얘기, 더 해줘."

그 말을 끝으로 다른 사람들에게 다정하게 인사한 다음 내 등을 밀면서 분장실을 나왔다.

"트롬본은 인간의 목소리에 가장 가까운 악기야."

학교 정문으로 걸어가면서 구보즈카 상이 말했을 때 조금 놀랐다. 구보즈카 상의 목소리가 비를 닮았기 때문에 더 놀란 건지도 모른다. 인간의 신체와는 조금도 닮지 않은 금관악기가 인간의 목소리에 가장 가까운 소리를 낼 수 있다니.

그 곡을 귀 기울여 듣고 있을 때 클래식 같은 건 전혀 모르는 나에게도 뭔가 대단히 좋은 울림이 느껴졌다. 손으로는 닿지 않는, 귀로만 들어오는 것도 아닌, 몸 전체를 뒤흔드는 듯한 뭔가 대단히 좋은 것. 살아 있다는 걸 축복해주는 듯한 대단히 아름다운 것.

가슴이 방망이질 쳤다. 뒤이어 몸도 마음도 뛰기 시작하고 내 속에서 힘이 넘쳐흐르는 느낌이었다. 그건 트롬본의 음색이 인간의 목소리에 가깝기 때문이었을까?

그런 이유일지도 모른다. 하지만 인간의 목소리에 가깝든 멀든 별로 관계없었을지도 모른다. 나는 다만 구보즈카 상이 연주한 음악에 기쁨을 느꼈을 뿐이다. 오랜만에 뜨거워졌다. 차갑게 식어 있던 몸도 마음도 뜨거워졌다.

조금 망설이다가 학생들이 별로 오지 않을 것 같은 오래된 찻집으로 안내했다. 조용해서 구보즈카 상의 목소리가 제대로 들리는 가게라면 어디라도 좋았다.

"굉장히 좋았어요."

자리에 앉자마자 좀 전에 했던 말을 되풀이했다. 구보즈카 상이 트롬본은 말이야, 하고 말하는데 직원이 주문을 받으러 왔다.

"뭘로 할래?"

메뉴판을 천천히 내 쪽으로 돌려주었다.

"나는 홍차가 좋겠어, 따뜻한 홍차 주세요."

아무 생각도 하지 않고 커피를 주문하려던 나는 당황해서 따라 했다.

"같은 걸로요."

찻집에서 홍차를 주문하는 남자는 처음 본 것 같다. 내가 상대를 따라 주문을 바꾼 것도 처음이다.

"그래서 뭐였더라."

구보즈카 상은 다시 나를 보았다.

"굉장히 좋았어요."

세 번째 하는 말이었지만 몇 번을 말해도 부족할 정도였다.

"하하, 고마워. 트롬본은 별로 두드러지지 않는 수수한 악기기 때문에 대놓고 칭찬받는 일이 거의 없어서 말이야."

구보즈카 상은 쑥스러운 듯이 웃는다. 농담인지 진담인지 잘 모르겠다.

"수수하다고요? 절대로 그렇게는 보이지 않는데요."

"수수해. 트롬본은 좀처럼 주인공이 될 수 없거든. 그 대신 기둥처럼 오케스트라를 받쳐주는 거야. 오늘 연주한 곡처럼 트롬본이 화려하게 활약하는 일은 좀처럼 드물어."

말할 때 보니 왼쪽 뺨에 선명하게 보조개가 피었다.

"〈슬라이더스믹스〉는 트롬본을 위해 만들어진 곡이거든. 원래는 관악대에서 연주하는 곡이야. 오늘은 게스트인 나를 위해서 특별히 오케스트라로 연주하게 되었지. 가끔은 트롬본을 주인공으로, 라는 건가."

오케스트라에 주인공과 조연이 있다고는 생각한 적이 없었다. 하지만 듣고 보니 두드러지는 악기와 그렇지 않은 악기가 분명히 있을 거라는 생각도 든다. 나는 지금까지 트롬본이 도대체 어떤 음을 내는지도 정확히 몰랐다. 트럼펫이라면 경기할 때 응원단에서도 연주하니까 알고 있다. 피아노나 바이올린도 물론 안다. 그런 의미에서 트롬본은 주인공이 아닐지도 모른다. 아쉽다. 그렇게 좋은 음색을 가졌는데 주인공이 될 수 없는 경우가 더 많다니.

"언제나 조연이라니 화나지 않으세요? 주인공이 되고 싶다는 생각이 들지 않나요?"

무례한 말투였는지도 모르지만 나는 그만큼 분개하고 있었다. 그렇게 좋은 소리를 내는데 조연이라니.

그는 한순간 어리둥절하더니 다시 한 번 두 번, 작게 고개를 끄덕였다.

"혼동하고 있어."

혼동하다니 뭘요? 그렇게 물으려던 참에 홍차가 나왔다.

구보즈카 상이 홍차에 살며시 우유를 떨어뜨린다. 긴 손가락으로 스푼을 들고 홍차를 천천히 젓는다. 얼마나 부드러운가. 홍차도, 손가락도, 목소리도. 이 사람은 무턱대고 주인공을 목표로 삼는 일은 없을지도 모른다.

"트롬본과 내 인생."

구보즈카 상은 찻잔에서 고개를 들어 나를 봤다.

"트롬본이라는 악기가 오케스트라에서 주인공이 되기 어렵다고 해서 내가 내 인생의 주인공이 아닌 건 아니야."

조용한 목소리였다. 마치 진짜 비처럼 그의 말은 내 몸속에 스며들었다. 머릿속에서는 뎅뎅 하고 종이 울렸다. 뎅뎅 하고 울려서 꿈에서 깨어난 느낌이었다.

혼동, 하고 있었던 걸까?

언제까지나 에이스에 집착하는 나는 혼동하고 있었던 걸까?

에이스이기를 바라는 거라면 소프트볼이 아니라 트레이너로서 에이스를 노리면 되지 않을까?

이런 간단한 걸 왜 몰랐을까? 이상할 정도였다.

"이름이, 뭐야?"

테이블 너머에서 구보즈카 상이 미소 지으며 나를 바라본다.

"나카미조예요. 나카미조 사키."

"그 대학교 학생?"

예, 하고 고개를 끄덕였다.

"그럼, 무슨 운동을 하겠군."

"지금은 트레이너를 목표로 하고 있어요."

구보즈카 상은 웃으며 홍차를 한 모금 마셨다.

"오케스트라 단원들이 말해줬어. 이쪽 캠퍼스 학생들은 귀까지 근육으로 뭉쳐 있어서 공들여 연주를 해도 제대로 듣지 못한다고."

"그렇지는……."

그렇겠구나, 생각한다. 실제로 객석을 채운 학생들 중에는 졸고 있는 모습이 여럿 보였다. 나도 〈슬라이더스믹스〉가 아니었다면, 구보즈카 상이 아니었다면 다르지 않았을 것이다.

"저, 왜 저한테 차를 마시자고 했어요?"

머뭇거리며 물었더니 빙그레 웃으며 대답했다.

"관심이 생겼어."

뭐지, 이 거북함. 예전에 에이스였을 때 많은 사람이 흥미진진하게 나를 봤다. 하지만 지금은 투수도 아니고 에이스도 아니다. 귀까지 근육으로 뭉친 평범한 학생이다. 그리고 이 사람은 원래 소프트볼 같은 건 전혀 흥미가 없는 것 같았다.

구보즈카 상은 조금 고개를 기울이고 생각에 잠겼다가 낮은 목소리로 덧붙였다.

"다이아몬드 같았거든."

무슨 말을 하는지 잘 모르겠다. 다이아몬드라면 내야를 말한다. 설마 갑자기 소프트볼 이야기를 시작하는 건 아니겠지.

"공연장 가는 길을 물었을 때 다이아몬드같이 단단한 아이라고 생각했어. 그런데 분장실로 찾아온 나카미조 상은 표정이 변해 있었어. 깜짝 놀랄 만큼."

"아!"

큰 소리를 내서 구보즈카 상이 놀란 표정을 짓는다. 건너편 테이블에 앉은 아저씨가 고개를 들고 이쪽을 본다.

"다이아몬드라면 보석……."

"보석 말고 또 어떤 다이아몬드가 있는데?"

구보즈카 상이 웃었다.

"보석 다이아몬드같이, 단단하다고요, 제가요?"

내 말에 손으로 턱을 괴고 웃는다.

"재미있네, 나카미조 상은."

"보통 다이아몬드를 단단한 걸 말할 때 쓰나요? 다이아몬드 같이 빛난다든가, 그럴 때 쓰는 거 아니에요?"

따지듯 물었더니 고개를 끄덕이며 말을 이어갔다.

"분장실에 뛰어 들어온 나카미조 상은 반짝였어. 내 연주를 듣고 진심으로 좋아하는 게 전해졌거든. 기뻤어. 고마워."

일부러 그런 말은 하지 않아도 되는데. 빛나지 않는다는 건 누구보다도 내가 잘 알고 있다. 나는 빛나지 않는다. 앞으로도 빛날 거라고는 생각하지 않는다. 오래도록 제자리를 맴돌며 살아가겠지. 그래도 감사 인사를 하고 싶은 기분이다.

"저야말로 그래요. 구보즈카 상의 트롬본, 〈슬라이더스믹스〉, 들을 수 있어서 정말 좋았어요. 감사했습니다."

"아니, 아니, 내가 더. 고마웠어."

테이블을 사이에 두고 서로 고개를 숙였다.

갑자기 나 자신을 알고 싶다는 생각이 들었다. 운동선수로 살아가려는 사람은 자신에 대해 알고 싶은 사람이라고 여겼다. 자신의 신체에 얼마큼 가능성이 있는지, 더 뻗어갈 부분이 어디에 있는지, 그것을 위해 어느 정도 노력할 수 있는지. 물론 노력하면 할 수 있다, 같은 말을 믿는 건 아니다. 아무리 노력해도 할 수 없는 일도 있다. 알지만 그래도 포기하지 않고 그럼 어떻게 하면 할 수 있을까, 어디까지 할 수 있을까, 냉정하게 파악하는 것도 자신에 대해 알고 싶기 때문일 것이다. 낙관도 비관도 아무 소용 없다. 있는 그대로를 본다. 나는 그런 일을 좋아하고 잘 맞는다고 생각한다. 운동선수로는 더 이상 가능성이 없지만 누군가의 가능성을 객관적으로 지켜보며 돕고 싶다.

분명 구보즈카 상도 자신에 대해 알고 싶다고 생각하는 사람이다. 자신에 대한 것, 인간에 대한 것, 그리고 그 가능성. 트롬본은 인간의 목소리와 닮았다고 했다. 이 사람의 목소리에 끌린 내가 이 사람이 내는 악기 소리에도 강하게 끌린 이유를 알 것 같은 기분이었다. 이 사람은 확신에 차 있다. 악기에서도 인간의 목소리를 추구하고 있다. 자기 자신을 알고 싶다고 절실하게 원하고 있다.

"구보즈카 상은 자신에 대해 알고 싶은 거군요."

그러나 그는 내 말을 깔끔하게 받아넘겼다.

"트롬본을 불고 있으면 말이야, 나 개인의 일 같은 건 생각하지 않게 돼. 누가 낸 소리여도 좋고 섞여서 누구 소린지 몰라도 괜찮아. 다만 전체가 하나의 음악이면 돼."

난 정말이지 멍한 표정을 짓고 있었을 것이다. 구보즈카 상은 또 웃었다.

"네가 트레이너를 목표로 한다는 건 널 위해서야? 너 자신을 위해선지도 모르지만 너만을 위한 것은 아니잖아?"

그리고 가방에서 노트를 꺼내서 한 장 찢더니 거기에 이름과 전화번호, 메일 주소를 적어서 건네주었다.

"너하고 얘기하니까 즐거워."

그럴까, 우리는 이렇게 다른데.

"괜찮으면 또 만날래? 다시 얘기할 마음이 생기면 연락 줘."

그 말을 하고 테이블 너머로 오른손을 내밀었다. 여기서 설마 악수를 하자고? 악수를 핑계로 한 다른 뭔가가 있을까? 주저하다가 나도 오른손을 내민다. 그가 내 손을 잡는다. 금관악기를 만지니까 차가운 손일지도 모른다고 생각했는데 아니었다. 따뜻하고 커서, 뜻밖에도 나는 마음이 흔들렸다.

히카리는 변하지 않았다. 만나기로 한 찻집 유리창 너머로 모습이 보였을 때 고등학교 때 히카리가 그대로 나타났나 생각했을 정도다. 총명해 보이는 얼굴이 이쪽에 앉은 나를 알아보고 활짝 펴진다. 그것만으로 가게 안이 단번에 환해진 느낌이었다. 눈부셔서 움츠러들 정도였다.

"오랜만이야."

병아리색 원피스를 입은 히카리가 맞은편 자리에 사뿐히 앉는다. 그러고 보니 밝은색 옷을 입은 건 처음 봤다. 길게 기른 머리에 구불구불 굵은 웨이브가 돋보인다. 예전과 변한 게 없다고 생각했지만 자세히 보면 조금씩 변하고 있는지도 모른다.

"어떻게 지냈어?"

커피와 홍차를 주문하고 공연 시간까지 밀린 수다를 떨어야지. 적어도 나는 그럴 생각이었다.

"난 잘 지냈지."

"응, 나도."

구보즈카 상 이야기를 할까, 하고 잠깐 생각했다. 가끔 만나는 트롬본 연주자 이야기를. 하지만 실제로 나온 얘기는 전혀 달랐다.

한순간 구보즈카 상 얼굴을 떠올렸기 때문인지도 모른다. 이런 말은 구보즈카 상에게는 할 수 없다. 어렴풋이 아는 것도, 분명히 알던 것도 금방 모호해진다. 왠지 불안해져서 새로운 상황

앞에서 매번 망설인다.

"지금 트레이너 실습하느라 부속고교에서 소프트볼부를 봐주고 있어."

느닷없는 얘기로 실없는 수다가 시작된다.

"그렇구나, 사키가 봐주는 애들은 행운이겠네."

히카리는 기분이 좋은 듯 목소리가 들떠 있었다. 그쯤에서 그만뒀으면 좋았다. 그런데도 그만 말이 나와버렸다.

"이런 말 하면 정말 소심한 인간 같아서 싫지만."

히카리는 들고 있던 커피 잔을 접시에 내려놓고 조용히 나를 보았다.

"모든 아이를 똑같이 봐줘야 한다는 건 아는데 좀처럼 잘 안되는 거 있지."

"알 거 같아."

"강한 아이만 보게 돼. 약한 아이는, 예전 나보다 약한 아이는 어디를 어떻게 도와줘야 좋을지 모르겠어. 적어도 강해지고 싶다는 생각조차 하지 않는다면 뭘 위해서 내가 돕는 건지도 잘 모르겠고."

히카리는 고개를 끄덕이며 커피 잔을 들었다. 나는 말을 이어 갔다.

"물론 내 생각이 이상한 거야. 약하든 강하든 상관없지. 오히려 약한 아이를 더 잘 지켜봐줘야 해. 생각은 그렇게 해도 역시 아무래도, 아니, 이상하겠지만."

"사키, 서론이 길다는 건 자신이 없다는 증거야."

웃는 얼굴로 핵심을 꼬집었다.

"길었어?"

"응, 사키답지 않아. 이상하게 생각할까봐 방어막을 치는 느낌이야. 나한테는 있는 그대로 말해도 돼. 무슨 말인지 모르겠으면 다시 물을 테니까."

반년 가까이 만나지 않았는데도 선뜻 '나한테는'이라고 할 수 있는 히카리는 분명 정말로 그렇게 생각할 것이다.

"강해지려는 사람을 돕는 거라면 얼마든지 할 수 있어. 하지만 적당히 하는 사람은 아무것도 도울 게 없어."

"그래."

"어쩌면 트레이너 일은 별로 강하지 않은 사람에게 맞는 일이 아닐까, 하는 생각이 들었어. 제대로 남의 아픔을 알 테니까."

그렇게 말하면서도 핑계 같다고 스스로도 생각한다. 무슨 소릴 하는 거야, 강해도 남의 아픔을 아는 사람도 있어. 원래 나는 강하지 않으니까, 그러니까 현역을 계속할 수 없어서 방향을 바꾼 거잖아.

"어차피 트레이너가 될 거라면 정성과 힘을 쏟을 수 있는 선수의 트레이너가 되고 싶어. 아마 나는 강하지 않은 선수를 위해 일하는 건 옳지 않다고 생각하는 거 같아."

히카리는 진지하게 듣고 있었다.

"미안해."

사과한 건 나다. 부담되는 이야기라는 걸 잘 알고 있었다. 하지만 들어주기를 바랐다. 그리운 히카리와 마주하고 있으니 이야기를 멈출 수 없었다. 네 생각은 틀렸어, 하고 말해주기를 바랐는지도 모른다. 머리로는 안다. 트레이너로서 에이스라는 게 에이스 선수의 전속 트레이너가 되는 건 아니다. 그렇죠, 구보즈카 상. 다정한 그 얼굴을 떠올린다. 트레이너란, 대학 오케스트라의 게스트로 초대되어 트롬본을 연주하기만 해도 문외한인 나 같은 사람까지 음악에 빠지게 만드는, 오케스트라의 든든한 기둥 같은 존재가 되는 것과 비슷하지 않을까? 많은 선수가 조금이라도 오래, 좋은 몸 상태로 경기를 즐길 수 있도록 도와주는 것이 트레이너의 일이다. 정식 무대에는 서지 않더라도 그것이 트레이너로서 에이스일 테고 어떤 선수를 지도하든 내가 내 인생의 주인공이라는 사실에 변함은 없다.

"사키보다 강한 아이는 별로 많지 않을 테니까."

히카리는 그 말을 하고 웃었다. 그리고 시선을 테이블 위로 떨어뜨리고 한숨 섞인 소리를 냈다.

"있잖아, 나도 실습 나갔어. 어린이집에."

조금 느닷없이 들렸지만 말없이 고개를 끄덕였다.

"벌써 실습할 때구나. 어땠는데?"

"응, 그게 말이야."

히카리는 힘없이 미소 지었다.

"나도 사키와 완전히 똑같은 생각이 들었어."

아무 생각 없이 그 미소를 바라본다. 무슨 말을 하는 걸까? 완전히 똑같은 생각? 히카리가?

"아침에 어린이집 현관에서 아이들을 맞잖아. 그때마다 자꾸 생각하게 돼. 그 아이들 엄마에 대해. 엄마가 어떤 일을 하고 있을까를."

잘 이해되지 않았다. 야무지고 언제나 명랑하던 히카리가 이렇게 지친 얼굴로 무슨 말을 하려는 걸까?

"난 아기도, 아이들도 아주 좋아해. 보육교사가 되면 내가 아이들을 잘 돌보고 있을 테니 엄마들은 열심히 일하고 오세요, 하는 마음으로 웃으며 배웅할 생각이었어."

"응."

"그런데 말이야. 그쪽도 나를 믿지 못하는 게 아닐까 해서. 아이를 가진 적도 없는 젊은 교사가 뭘 알까, 하는 생각을 할지 모른다는 마음이 들어."

"그럴 리가."

내가 무리해서 끼어들었다. 히카리는 그쪽도, 라고 했다. 히카리는 분명 그 뒤에 나도, 라고 이어질 것이다. 지금 멈추지 않으면 히카리가 히카리답지 않은 방향으로 휘어버릴 것 같았다.

"그건 지나친 생각이야. 보육교사도 처음에는 모두 신참이니까 엄마들도 그 정도는 이해해줄 거야. 히카리는 잘할 테니까 괜찮아."

"아니야."

히카리는 약간 고개를 숙이고 시선을 옆으로 돌렸다.

"내 입으로 말하기도 뭣하지만 — 아, 웬일이야, 나도 서론이기네 — 어릴 때부터 뛰어나다는 말만 들었잖아. 근데 그게 나의 가장 큰 약점이었던 거야."

담담하게 하는 말을 들으며 생각했다. 히카리도 얘기하고 싶어 한다. 아무리 히카리답지 않더라도 그 말을 들어주는 것이 내 역할일 것이다.

"결혼도 하지 않았고, 아이를 낳아보지도 않은 사람이 아이들을 돌본다고 하면 믿지 못하는 게 당연하잖아. 그래서 나를 믿지 못하는 건 어쩔 수 없다고 생각해. 문제는 나도 엄마들을 믿지 않는다는 거야. 제대로 일하는 엄마들의 아이를 돌봐주는 건 괜찮지만 나보다 열심히 하지 않는 것 같은 사람이 어영부영 일하겠다고 아이를 맡기다니 어딘가 잘못된 게 아닐까, 하는 생각이 드는 거야. 물론 머리로는 내 생각이 틀렸다는 걸 잘 알아. 아이를 돌보는 게 내 일이니까, 분명 아이들 모두가 평등해, 아이들 모두가 귀여워. 그건 진심이야. 하지만 아무래도 찜찜한 기분은 계속 남는 거 같아."

그것이 뛰어나다는 칭찬을 계속 받아온 부작용인 걸까. 나는 히카리처럼 뛰어나지는 않지만 어쩌면 비슷한 건지도 모른다. 왜 내가, 라고 생각하고 있다. 그게 내 일인데도 열심히 하지 않는 사람을 도와주는 일에 약간의 거부감이 있다.

'열심히 해'라는 말을 듣고 자랐다. 마지막 순간까지 힘을 내.

노력도 하지 않으면서 아무것도 할 수 없다고 포기하는 사람은 이도저도 아니다. 아무것도 하지 못해도, 그래도 괜찮다고 스스로를 합리화하고, 만일의 경우에는 누군가가 도와줄 거라고 기대하는 그런 미온적인 태도에 몸서리가 난다. 그러고도 마음에 찔리는 뭔가가 전혀 없는 사람들이 이해가 되지 않았다. 멋있다, 예쁘다, 잘한다, 빠르다, 뛰어나다, 갖가지 칭찬하는 말을 할 때도 아무렇지 않은 것 같다. 그 칭찬을 받는 사람은 그만큼 끊임없이 노력하고 있다. 분하다는 생각도 들지 않는 걸까? 자신은 하지 못한 일을 누군가는 훌륭히 해냈다. 그 결과를 쉽게 칭찬할 수 있는 건 정직하기 때문일까? 가볍게 칭찬하는 말을 들으면 무신경한 손으로 목덜미를 어루만지는 듯 기분이 나빴다.

이 감당하기 힘든 자존심은 어디에서 오는 걸까. 나도 못하는 주제에 노력하지 않는 사람을 무시한다. 내 부족함은 받아들이지 못하고, 깨끗이 체념하지 못하고, 내 안에 있을지도 모를 작은 가능성이나마 어떻게든 끌어내려고 버둥거리며, 거기에서 또 충돌이 생긴다. 냉정하다고, 오만하다고 욕을 먹어도 부정할 수 없다. 어쩔 수 없는 일이다. 분명 정말로 그렇다고 생각하니까.

하지만 눈앞의 히카리는 다르다고 여겼다. 히카리는 언제나 다정했기 때문이다. 머리가 좋고 배려심이 깊고 누구에게든 신뢰받는 사람이었다.

히카리의 이런 모습은 조금 낯설다. 다만 한 가지를 깨달았다. 히카리도 나와 비슷한 기분이 들 때가 있는 것이다. 그것도 이렇게 자의식을 주체 못하는 창피한 기분으로. 남 앞에서 푸념하는 모습 같은 거 본 적이 없었는데 얘기해줘서 기뻤다. 어떻게 하면 좋을지 모르지만 온 힘을 쏟아서 계속 맞붙어보자고 생각한다. 좀 더 이런 마음과 맞붙어서 견뎌보자.

하지만 내 입에서는 한심할 정도로 평범한, 틀에 박힌 말이 나왔다.

"여러 가지로 힘들겠구나."

바보 같다. 좀 더 멋있는 말을, 적어도 좀 더 성의 있는 말을 건네고 싶었다. 히카리는 포기한 걸까, 아니면 처음부터 기대하지 않았던 걸까, 작게 웃으며 고개를 끄덕였다.

"응, 여러 가지로 힘드네."

그리고 다시 보통 때의 밝은 목소리로 말했다.

"이제, 슬슬 갈까?"

곧 근처 극장에서 작은 극단의 뮤지컬 공연이 있다. 고등학교 때 같은 반이었던 치나츠가 그 공연에 출연한다. 지금까지 연락을 받고 몇 번이나 보러 왔는데 앙상블이라고 하던가, 대부분 무대 뒤에서 춤추는 무리 속에 섞여 있었다. 하지만 이번에는 초대 엽서에 '혼자서 노래합니다'라고 쓴 치나츠의 손글씨가 있었다.

치나츠가 연락해주지 않으면 극단 공연 같은 데에 관심이 없었다. 서너 번 본 게 전부라 지금도 뮤지컬은 보기 불편한 게 사실이다. 배우들의 연기는 과장된 느낌이고 대사가 이어지다가 갑자기 노래가 시작되면 보고 있는 내가 멋쩍어진다.

"치나츠 노래, 기대돼."

붐비는 좁은 입구에서 티켓을 확인받으면서 히카리가 돌아봤다. 완전히 평소의 웃는 얼굴로 돌아와서 좀 전에 하던 얘기가 거짓말 같다. 나는 아직 그 이야기로 머릿속이 가득한데.

곧 막이 올랐다. 제2차 세계대전 중의 오키나와 전투를 소재로 한 뮤지컬이었다. 주연 여배우가 훌륭했다. 겉도 속도 황금빛으로 덧씌워진 것처럼 빛나는 목소리. 어디까지든 가닿을 것처럼 끝없이 뻗어나가는 목소리.

아아, 역시 이런 사람이 주인공이구나, 생각한다. 뮤지컬은 잘 모르지만 주인공의 목소리와 표정, 그리고 서 있기만 해도 존재감 넘치는 모습에 수긍하지 않을 수 없다.

무대 뒤에서 춤추는 무리 속에 치나츠가 있다. 여전히 까맣고 짧은 머리에 작은 몸집이 뛰어오른다. 그래, 치나츠는 변함없이 열심이네. 정말 잘하고 있구나.

미소 지으며 지켜볼 수 있었던 건, 단지 초반뿐이다. 치나츠는 단역이기는 했지만 가끔 혼자 노래하는 장면이 있었다. 치나츠가 등장하기만 해도 점점 호흡의 파동이 변하는 것 같았다. 심장은 방망이질 치는데 호흡은 깊어져간다. 치나츠의 움직임을 잘 봐야지, 치나츠의 노래를 잘 들어야지, 하는 생각에 몸이 저절로 반응하는 것 같다.

나만 그런 게 아니다. 오른쪽에 앉은 히카리도 줄곧 숨죽이고 있었다. 객석 전체가 동작 하나하나를 숨죽인 채 지켜봤다.

클라이맥스 전에 치나츠는 죽었다. 노래하다가 총탄에 맞아 쓰러지는 역할이었다. 연기라고 이해한 건 잠시 시간이 지나고 나서다. 엇, 하는 순간, 놀랐다는 걸 자각하지도 못하는 사이에 온몸에 오싹 소름이 돋았다. 몸이 떨렸다. 죽지 마, 소리치고 싶었다.

죽지 마. 일어나, 치나츠. 다시 한 번 일어서서 노래하는 거야.

압권이었다. 치나츠는, 굉장하다. 치나츠의 노래는, 굉장하다. 뭐가 어떻게 굉장한지는 잘 모르지만 노래와 연극을 잘 모르는 나조차도 치나츠가 특별하게 빛나는 배우인 건 분명히 알겠다.

어떻게 저 아이가, 어느새……. 정말 잘됐다, 는 생각과 땅울림처럼 계속해서 울리는 파동. 굉장하다, 굉장하다, 굉장하다.

치나츠를 향한 칭찬과는 또 다른 뭔가가, 치나츠의 목소리와 몸을 통해 표현되는 뭔가가, 그저 굉장했다.

막이 내리고도 한동안 움직일 수 없었다. 히카리의 얼굴을 볼 수가 없었다. 아무 말도 하지 않고 옆에 있기만 해도 저릿저릿 파동이 전해져 왔다. 관객들이 모두 빠져나간 후, 겨우 자리에서 일어나 평소라면 얼굴을 내밀었을 분장실에도 들르지 않고 말없이 공연장 밖으로 나왔다. 밖은 아직 환했다.

히카리도 나를 보지 않는다. 분명 같은 마음이다. 만약 무슨 말을 한다 해도 둘 다 치나츠 굉장했어, 밖에 할 말이 없었을 것이다.

역까지 오는 길을 둘이서 말없이 걸었다. 좀 전에 함께 있던 찻집은 여전히 북적거렸지만 그 앞을 지나갈 때 이미 다른 찻집처럼 보였다. 조금 전까지의 나와는 다른 나처럼. 이 찻집에서 푸념하던 우리와는 이미 다른 우리처럼.

역에서 헤어질 때 한순간 히카리와 눈이 마주쳤다. 히카리의 눈은 아직 붉었다.

"〈슬라이더스믹스〉라는 곡이 있는데 말이야."

나도 모르게 말을 꺼냈다.

"야구에서 슬라이더, 알지? 갑자기 상하좌우로 크게 빠지는 변화구 말이야. 하지만 그 공 하나로는 안 돼. 스트라이크 존에 들어가지 않는 경우도 많으니까. 반드시 다른 공과 섞어서 던져야 해."

무슨 말이 하고 싶은 건지 나도 잘 모르겠다. 말하면서 찾는 느낌이었다.

"우리는 저마다 슬라이더 하나는 가지고 있어."

그걸 치나츠가 가르쳐주었다.

"그래서 말이야, 그 공들을 조합하는 거야. 그러면 대단히 좋은 시합을 할 수 있거든. 직구나 커브, 스크루볼(휘는 공)처럼 다양한 공에 섞어서 슬라이더를 던져 이기는 거지. 치나츠의 슬라이더는 굉장했어."

히카리가 고개를 끄덕인다.

"히카리의 슬라이더도 분명 굉장할 거야."

"사키 네 것도."

그제야 히카리가 웃었다. 슬라이더를 연습하자. 그렇게 말로는 할 수 없었지만 말보다 더 뜨겁게 마음에 새긴다. 언젠가 나의, 우리의 슬라이더스믹스를 위해.

3장

바움쿠헨, 또다시

참석에 동그라미를 쳐서 보냈지만 정말이지 솔직한 마음은 가위표였다.

왕복엽서(발신용과 회신용을 한데 붙여 만든 우편엽서-옮긴이)의 절반, 손에 남은 엽서를 원망스럽게 바라본다. 왜 하필이면 지금 이럴 때 반창회일까? 졸업하고 정확히 2년이 되어간다. 4월부터 3학년이다. 눈앞의 일만으로도 정신없이 바빠서 언제나 힘에 부친다. 아직 서로 추억을 이야기하거나 그리워할 때는 아니다. 만나고 싶은 사람끼리 만나면 된다. 만나고 싶지 않은 사람까지 만날 시간은 없다. 다들 그렇지 않을까. 어쩌면 남들은 한가한 걸까.

그런 생각을 하다 보니 나도 모르게 웃음이 나왔다. 웃을 수 있는 마음이 아니었는데. 다들, 하고 생각한 순간 모두의 얼굴이 확, 하고 떠오른 것이다. 다들 건강히 잘 지낼까. 잘 지내겠지. 다들 한가할까, 하는 생각이 떠오르자마자 한가할 리가 없겠구나, 생각한다. 한가할 리가 없다. — 하지만 뭐가 그리 바쁜지, 뭐 때문에 이렇게 초조한지 잘 모르겠다. 다만 언제나 붕 떠 있는 혼란한 기분이다.

그때가 좋았어, 같은 진부한 말이 생각날 것 같아서 바로 생각을 지운다. 좋았을 리가 없다. 우리 모두가 여고생이던 그때는 매일이 긴장의 연속이어서 힘들었다. 왜 그렇게 힘들었는지 지금은 의문스러울 정도다. 좀 더 즐겁게 지냈으면 좋았을 텐데. 앞으로 점점 즐겁게 지내기가 힘들어지니까 그때만큼은 웃었으면 좋았을 텐데.

엽서를 책상 위에 올려놓는다. 그때뿐만 아니라 반창회 회신 엽서에 동그라미를 친 불과 몇 주일 전의 나 자신도 정말이지 멍청하다는 생각이 든다. 이 일주일 사이에 탁탁탁 하고 내 안의 카드가 넘어졌다. 소중하게 움켜쥐고 있던 카드, 그게 전부 어긋났다. 즐거워하며 게임을 하던 나 자신이 지금은 먼 옛날의 다른 사람 같다.

가위표를 쳤어야 했다. 회신엽서에도, 동그라미를 친 나 자신에게도. 아무런 걱정도 하지 않았다. 부럽다. 그때의 내가 부러워서, 사랑스러워서, 미워서, 한심해서, 분해서, 가여워진다.

몸이 좋지 않다고 하고 나가지 말까? 반창회라면 머지않아 또 열리겠지. 그때는 분명 지금보다는 나을 것이다. 동그라미는 치지 못하더라도 가위표는 아닐 것이다. 지금까지의 가위표를 없었다고 치고 세모나 타원 정도로 하고 싶다. 그러고 나서 한 번 더 새로운 기분으로 카드를 뒤섞는 것이다.

뭘 하는 것도 아니면서 양손을 깍지 낀 채 책상 앞에 가만히 앉아 있다. 생각하는 것 같지만 아무 생각도 하지 않는다. 멍하니 있고 싶어도 정말로 멍하게는 있을 수 없다. 뭔가에 집중할 수도 없고 움직일 수도 없다. 그저 감정이 굳어져 점점 무겁게 몸속으로 가라앉는다.

숨이 막힐 듯 답답해서 의자에서 일어난다. 좁은 방 안을 비슬비슬 돌아다니다가 침대에 앉아 천장을 보고 드러눕는다.

반창회에 갈 생각은 정말 없었다. 내 마음속에서는 분명히 가위표였다. 하지만 생각해보면 속으론 가위표였지만 뭔가 행동으로 옮긴 건 아니다. 다시 말해, 갈 마음이 없어졌을 뿐이지 참석하지 않겠다는 연락은 해두지 않았다.

– 아야에게 작별 선물을 하려고 하는데 찬성하는 사람은 반창회 당일에 3,000원 정도 더 준비해 오세요.

그런 내용의 단체 메일이 온 건 반창회 전날이었다.

작별 선물? 아야에게? 왜?

아야 ─ 도조 아야는 조용해서 눈에 띄지 않는, 하지만 웃는 얼굴이 대단히 예쁜 아이였다. 고교 2학년 때까지는 사이좋게 지냈지만 3학년 때 반이 갈라지고 동아리 활동도, 학생회 부서도, 진로도 달랐기 때문에 자연스럽게 사이가 멀어졌다. 작별 선물이라니, 어딜 가는 걸까? 외국으로 유학을? 그 순하고 사랑스럽던 아야가?

그런 생각을 하다가 어? 어딘가 이상하다. 아야와 나는 3학년 때 반이 달랐다. 그렇다면 아야와 한 반이던 때의 반창회란 말일까? 엽서에서 총무 이름을 확인한다. 사사키 히카리. 나도 모르게 웃어버렸다. 정말이지 히카리는 언제나 이럴 때 제몫을 한다니까. 히카리는 나서는 건 아니지만 모두가 나 몰라라 한발 물러서 있어도 흔들리는 법이 없으니까 결국은 여러 일을 떠맡게 된다. 여전하구나.

그 히카리와도 2학년 때 같은 반이고 3학년 때는 달랐을 것이다. 늘 만난 것 같은 기분이 드는 건 선택 수업이 같았기 때문이던가? 아아, 이제 잘 기억나지 않는다. 어쨌든 아야에 대해 물어봐야지. 졸업해서 이미 모두가 흩어졌는데 혹시 아야가 외국으로 유학을 간다고 해도 모여서 새삼스럽게 작별 선물을 건네는 것은 이상하다는 생각이 든다.

그건 그렇고 아야는 어찌된 걸까. 유학이라 해도 왠지 미국과는 어울리지 않는 아이다. 영어권이라면 영국 정도일까. 이탈리아보다는 프랑스 느낌이 나고 기왕에 프랑스어를 한다면 벨기에 같은 데가 어울린다.

떠오르는 대로 그런 생각을 하는 사이에 보고 싶어졌다. 아야. 히카리도 보고 싶다. 리에코, 후미카, 사키. 그리고 치나츠와 레이. 내일 나가볼까? 방에서 혼자 천장을 올려다보며 생각했다.

역 화장실에 들러 입술과 머리를 다시 매만진다. 학교에서 제일 가까운 터미널역이다. 이 역에서 내리는 것도 고교 졸업 후 처음이다. 평소에는 머리 모양 같은 건 별로 신경 쓰지 않지만 오늘은 역시 조금 힘이 들어가 있는지도 모른다. 오랜만에 만나는 친구들, 게다가 같은 나이로, 같은 시간을 보내고, 같은 곳에 모여 있을 친구들에게 지금 나는 어떻게 보일까. 긴장이 되지만 그럴 필요는 없다고도 생각한다. 멋을 내봐도 소용없다. 서로 창피한 모습도 많이 본 친구들이다.

아, 지금 친구니 뭐니 하는 생각을 했다. 오늘은 내가 좀 이상하다. 단지 같은 교실에 있었을 뿐인데 친구라니, 어쩌면 나는 조금은 과거를 포장하려는 건지도 모른다. 특별할 건 아무것도 없던 그때를 좋은 일이 가득했다는 듯 꾸미고 싶은 건지도 모른다.

큰길 쪽으로 넓은 유리창이 나 있는 가게 앞에 서서 슬쩍 안을 들여다본다. 이탈리아풍 이름으로 여자아이들이 좋아할 것 같은 레스토랑이다. 모두 벌써 와 있을까. 중간에서 누군가와 만나서 같이 오지 않은 걸 봐도 나는 혼자였구나, 생각한다. 그때도, 지금도. 그건 꾸밀 수 없는 사실이다.

문을 연 순간, 와, 하고 소리가 높아진다. 어딘가에서 벌써 분위기가 무르익었나 보다. 이렇게 이른 시간인데 성미 급한 사람들은 늘 있는 법이다.

"사사키 씨 이름으로 예약되어 있을 텐데요."

직원에게 말하니 얼굴 가득 웃음을 띠고 안내한다.

"2B반 분이시죠. 어서 오세요. 안내할게요."

그런가, 그렇구나, 2B반이었구나. 히카리, 2B반 반창회라고 써놓지 않았잖아. 그 애는 똑 부러지면서도 어딘가 구멍이 있다니까.

안내받을 것까지도 없이 입구 정면 안쪽에 커다란 테이블을 둘러싸고 그리운 얼굴들이 앉아 있는 게 보였다. 제일 앞쪽 자리에서 리에코가 손짓한다.

"오랜만이네."

"정말 오랜만이야."

"요시코는 새침 떼느라 이쪽을 전혀 보지도 않더라."

차례차례 애들 목소리가 들려온다. 좀 전에 들린 '와' 하는 소리는 내가 가게에 들어온 걸 보고 애들이 지른 소리였던 모양이다. 부끄러움과 기쁨이 뒤섞인다. 히카리에게 회비를 내면서 오늘도 수고하네, 했더니 아니야, 하면서 생긋 미소 지었다.

"언제든 만날 수 있다고 생각하면서도 한 번도 안 모였으니까."

히카리 옆에서 노조미가 거들었다.

"2년 만에 만나다니 믿을 수 없어. 전혀 변한 게 없어."

"응, 아야 일도 있고 어쨌든 모두 한 번 만나자는 얘기가 나와서."

"다들 많이 나왔어. 지금 현재 스물두 명 나온 거 같아."

얘기하고 있는데 저쪽에서 와, 하고 또 소리가 커진다. 어서 오세요 — , 직원이 큰 소리로 맞이한다.

"아, 후미카야, 하나도 안 변했어."

"좀 마른 거 아냐?"

돌아보니 후미카가 입구에서 안내를 받아 이쪽으로 걸어오고 있었다. 분명 날씬하니 예뻐졌다. 이쪽에서 보고 있다는 건 모르고 조금 새침한 표정이다. 들어올 때는 이쪽에 있다고 생각하지 못하는 것이다. 설마 입구가 훤히 보이는 자리에서 모두가 기다리고 있을 거라고는.

긴장할 필요는 없다. 순식간에 그때로 돌아갈 수 있다. 이렇게 편하게 얘기하고 편하게 웃으며 한때를 함께할 수 있다면 이런 시간은 다시 미래로 이어진다. 즐거우면서 조금 쓸쓸한 기분이다. 잘 알고 있다. 마음은 그때로 돌아가도 몸은 여기에 있다. 이 아이들과는 이미 현재가 아니다.

건배도 하는 둥 마는 둥 하고 어떻게 지내는지 근황을 한마디씩 하자는 얘기가 나와서 난처했다. 나뿐만이 아닌 것 같다. 다들 난처해한다. 어디서부터 어디까지가 근황일까, 게다가 한마디로 하라니, 상당히 어렵다.

"새삼스럽게 뭘, 서로 모르는 사이도 아닌데 편하게 하자."

여기저기서 나오는 반대 의견을 총무 히카리가 부드럽게 누른다.

"어렵게 생각할 거 없어. 2년 동안 어떻게 지냈는지 간단히 말하면 돼."

그 간단히가 어려운 것이다. 그런 생각을 했지만 정색할 필요도 없다. 이 2년을 간단히 설명하라니 무난한 얘기를 하면 된다. 다들 그렇게 대단한 이야기는 할 리가 없다.

"예, 그럼 그쪽 끝에서부터."

지목당하고 눈을 동그랗게 뜬 건 치나츠다. 늦어서 조금 전에 살짝 들어온 참이었다.

"저기."

곧이곧대로 자리에서 일어났다. 괜찮아, 앉아서 해도, 하고 말하자 다시 앉는다. 치나츠 앞에 맥주잔이 있는 것이 왠지 어색하다.

"하라 치나츠입니다."

"그건 알아."

명랑한 웃음이 터진다. 멍청한 게 아니라 그 정도로 진지한 아이다. 그런 생각을 하는데,

"얼마 전에 오디션에 또 떨어졌습니다."

치나츠의 말에 갑자기 긴장감이 감돈다.

"뭔데? 무슨 오디션?"

"영화야?"

"주인공 역이야?"

한꺼번에 질문이 쏟아지는데 치나츠는 웃으며 고개를 흔든다.

"뮤지컬이고요, 좀처럼 배역을 못 맡고 있습니다. 이상."

이상, 이 아니다. 느닷없이 그런 근황 이야기를 들으면 난처하다. 치나츠를 보니 자기 차례가 끝나서 안심했는지 맥주를 마셨다. 치나츠도 어른이 되었구나, 하는 느낌이 어색하다. 맥주, 그리고 오디션. 치나츠가 맥주를 마시거나 뮤지컬 오디션을 보는 세계는 내가 있는 이곳과 정말로 이어져 있을까, 하는 생각을 한다. 나도 맥주를 마시면서.

"잠깐 잠깐만, 치나츠는 탤런트가 목표인 거야?"

"탤런트라기보단 배우 같아. 뮤지컬이란 건 처음 들었어."

테이블 구석에서 소곤거리는 소리가 들린다.

"그야 귀엽긴 해도 특별히 미인도 아니고 키도 작고, 그치?"

목소리 주인을 확인하는 건 그만두기로 했다. 시시하다. 조금 남다른 일을 하려는 사람이 있으면 누구나 무슨 소리든 하고 싶어 한다. 하지만 적어도 예전 같은 반 친구에게라면 아무 말 하지 않고 지켜봐줘도 좋지 않을까.

논문 현상 공모? 하고 소곤대는 소리가 들려온 건 대학 식당에서였다. 조금 떨어진 자리에 같은 과 동기들이 있는 건 알았다. 쉿, 하는 소리를 끝으로 그 뒷말은 듣지 못했지만, 그건 분명 내 험담이었을 것이다. 학구적인 건 영문학과, 화려한 건 불문학과, 그에 비해 일문학과는 여자대학교도 아닌데 대부분이 여학생인 수수한 학과다. 좋든 싫든 느긋한 학과로, 심하게 공부를 게을리하는 사람도 없고, 진심으로 공부하고 싶어 하는 사람도 거의 없었다. 일본 문학을 연구해봤자 취업에 도움이 되는 것도 아니다. 게다가 전공이 현대 문학도 아니고 고전. 필수도 아닌데 《이세모노가타리》(헤이안 시대 전기 작품으로 일본 고유의 정형시 와카와 그에 얽힌 사랑 이야기들을 엮었다-옮긴이)로 논문을 쓰고 교내 논문 현상 공모에도 응모한 나는 역시 좋지 않게 화제에 올랐을 것이다.

"그럼 다음은 아야, 괜찮아?"

히카리의 말에 제정신이 든다. 언제까지고 제정신 같은 건 차리고 싶지 않지만 지금 이 자리에서는 현실로 돌아오는 쪽이 마음 편하게 있을 것 같았다.

그러고 보니 아야에게 작별 선물을 준다는 얘기를 물어보지 않았다. 나란히 옆으로 앉았기 때문에 얼굴이 보이지 않는다.

테이블로 몸을 내밀고 조금 불편한 자세로 아야의 하얀 얼굴을 봤다.

"이번 봄에 2년제 대학을 졸업했고요. 안경 제조 회사에 입사하게 됐어요."

축하해, 하는 인사말이 들린다. 고마워, 하고 시원하게 받았다.

"그래서 여길 떠나게 됐어."

아야는 호쿠리쿠 지역에 있는 도시 이름을 말했다. 이제 곧 거기로 이사한다고. 분명 멀다면 멀다. 별로 연고가 없는 도시이기도 하다. 하지만 상상했던 외국 유학은 아니고, 만나려 하면 언제든 만날 수 있는 거리다. 안심이 되면서도 약간 허탈해지는 기분이었다.

"지금까지 정말 고마웠어."

"뭐야, 무슨 소리야. 또 만날 수 있잖아. 앞으로도 잘 부탁해, 라고 해야지."

리에코가 웃으며 아야의 어깨를 쿡쿡 찌른다.

"그러네."

하지만 그 말을 하는 아야의 눈에서 눈물이 뚝 떨어져서 우리는 할 말을 잃어버렸다. 무슨 일이야, 아야. 괜찮아? 울 정도로 가기 싫어? 생각대로 취직이 안 돼서 가고 싶지도 않은 도시로

가는 거야?

조용해진 테이블에서 아야가 고개를 들었다.

"미안, 놀라게 해서. 울 생각은 없었는데, 하하하."

하하하. 급히 모두 따라 웃었다. 아야에게 맞춰서. 아야가 무리하는 걸 감싸주듯이.

"하지만 아마 한동안 못 볼 거야. 돌아오지 못할 거 같거든."

아야가 말했다.

"왜 그런 말을 해? 언제라도 올 수 있어. 당일로 오갈 수 있는 거리잖아."

그런가, 당일로 오가는 게 가능한지는 몰랐다. 하지만 돌아오지 못하다니 뭔가 이유라도 있는 듯했다.

"아니, 못 돌아온다는 게 아니라."

아야가 머뭇거리는 동안 다음에 할 말을 왠지 알 것도 같았다.

" — 안 돌아올 생각이야."

모두 입을 다물어버렸다. 누구야, 근황 얘기하자는 말을 꺼낸 사람이.

아야는 어떤 결심으로 이 얘기를 하는 걸까. 도대체 어떤 결심을 했기에 이 근황을 선택한 걸까. 아무것도 알 수 없었다. 알 수 있는 건 이곳을 떠나 우리와도 더 이상 만나지 않을 각오로 뭔가를 하려고 한다는 것뿐이다.

"놀러오고 싶으면 와."

아야는 밝은 목소리로 말했다. 하지만 우리 모두를 여기에 두고 가는, 결연한 어조였다.

이런 근황 얘기만 계속되면 어쩌지. 받아들이기 힘들어서 어이없이 져버린 것 같은 생각이 들었다. 특별히 얘기할 게 없는 사람은 열등감을 느낀다. 오디션을 보지도 않았고 태어나 자란 도시를 떠나는 일도 없이 단지 스무 살이 힘겨울 뿐인 나 같은 인간은.

다음은 누구의 어떤 근황일까, 하고 마음의 준비를 하니 히카리 차례였다.

"나는 별일 없어, 특별히 할 말도 없고 시시해."

"얘는, 네가 제안해놓고 무슨 소리야?"

노조미와 카나가 놀리자 히카리는 겨우 고개를 끄덕였다.

"보육교사가 되려고 전문대학에 다니고 있었는데 배우고 싶은 게 너무 많아져서 4월부터 4년제 대학으로 편입해서 다시 공부하기로 했습니다."

"역시, 하카리다워."

"열심히 해, 반장."

박수가 쏟아지고 히카리는 환하게 웃으며 머리를 숙였다.

그 뒤에도 근황 보고는 계속되었다. 만나지 않은 시간을 한껏 길게 잡아도 2년인데 모두 아무 일 없는 것 같으면서 많은 일이 일어나고 있었다. 아니, 많은 일을 만들고 있는지도 모른다.

"다음, 누구야? 아직 안 한 사람."

"여기."

손을 든 건 레이였다.

미키모토 레이. 노래하는 아이. 말이 없고 좀처럼 웃지 않는다. 대부분은 혼자 있다. 하지만 쓸쓸한 인상은 없다. 오히려 당당하게 자신의 색깔을 드러낸다. 레이는 고교 때부터 조금 특별한 느낌을 주는 아이였다. 그런 인상은 분명 지금도 있다. 지금이 좀 더 강하고, 그 특별함이 눈에 보이지 않는 입자가 되어 레이 주위를 감돌고 있다는 생각도 든다.

"요즘 자주 소설을 읽고 있어요."

그 말만 하고 아무 말도 하지 않았다.

"잠깐만 레이, 그것뿐이야?"

누군가가 한 말을 받아서 레이는 입가에 희미하게 미소를 띠며 덧붙였다.

"재미있는 소설이 있으면 많이 알려줘. 그럼 부탁할게."

진짜 그걸로 끝낼 생각인 듯이 가볍게 고개를 숙여 인사했다.

"왜 소설이야?"

질문한 건 누굴까? 목소리가 날카로웠다. 알 것 같다. 나도 같은 생각을 했다. 웬 소설, 노래는 어쩌고? 우리는 레이가 가진 노래라는 특별한 재능에 희망을 가지고 있었다.

희망이라고 하면 거창하게 들리지만 뭐라 할까, 어떤 장벽이 있다고 해도 이 아이의 노래만은 통한다, 하는 확신 같은 것. 그래서 소설 같은 걸 읽을 시간에 좀 더 악착같이 노래의 길로 힘차게 나아가기를 바랐다.

"소설을 읽는 건 노래를 위해서야."

레이가 말했다. 말이 너무 짧아 의미를 알 수 없었다.

"소설을 읽는 게 노래로 이어진다는 거야?"

몸을 내밀고 치나츠가 물었다. 모두 레이의 대답을 기다리고 있다.

"시간이 생기면 음악을 듣지 않고 소설을 읽는다고?"

치나츠는 진지한 눈길로 다시 묻는다.

"음, 뭐라 말하긴 힘든데. 음악은 언제나 옆에 있으니까. 다만 지금은 의식적으로 소설을 읽고 있어."

치나츠는 작게 두 번 정도 고개를 끄덕였다.

"치나츠는 어떻게 하고 있는데?"

이번에는 레이가 물었다. 뮤지컬 오디션을 보고 있다는 치나츠가 노래를 위해서 어떻게 하고 있을까, 라는 거겠지.

"트레이닝 외에, 말이지?"

치나츠가 다시 묻고 레이가 고개를 끄덕였다. 트레이닝이라는 게 뭔지 나는 모르지만 노래나 연기 트레이닝을 받고 있다는 걸까, 하고 상상했다. 그걸 아무렇지 않게 말할 만큼 치나츠와 레이에게 트레이닝은 일상적인 일이겠지. 트레이닝. 좋은 말이구나, 생각했다. 나하고는 인연이 없는 말이다. 내가 멍하니 지내는 동안에 모았던 카드는 가치가 사라지고 트레이닝 하는 사람들은 저만치 아득히 나아가 있다.

"나는 오로지 듣기만 해. 레이와 달리 난 아직 들어보지 못한 노래가 많거든. 명곡, 명연주, 라고 불리는 걸 얼마만큼 들을 수 있을까? 죽을 때까지 어느 정도 들을 수 있을까? 생각하면 초조해져."

레이도 말없이 고개를 끄덕였다. 갑자기 히카리가 끼어들었다.

"음악이란 좋은 거야. 괜찮은 음악은 듣기만 해도 기분이 좋아지고 감정이 정리되는 것 같잖아."

그러고는 야무진 표정으로 나를 봤다.

"요시코는 어쩌고 있어?"

"응? 나?"

질문의 의미를 몰랐다. 노래라고 하면 2B반 전원이 부른 합창 〈아름다운 마돈나〉가 지금도 강렬하게 마음에 남아 있었다. 히카리가 반장이고 지휘는 레이, 피아노 반주는 치나츠였다. 나는 적극적으로 참여한 것도 아니고 노래가 뛰어난 것도 아니었다. 그뿐인가, 사실은 합창대회도, 졸업생을 환송하는 자리에서 부르는 합창도 귀찮다는 마음이 섞여 있었다.

"그림 그리잖아. 표현하는 기술 같은 거, 어떻게 익히는 걸까, 하는 생각이 들어서."

"아, 응."

애매한 대답을 했다. 그림을 위한 트레이닝 같은 건 전혀 하지 않는다. 음대에 진학한 레이와 뮤지컬 오디션을 보고 있는 치나츠와 비교하는 것도 쑥스럽다. 겸손이 아니라 어쨌든 나에게 그림은 단순한 취미다. 실력을 키우기 위해서 노력하겠다는 마음가짐이 애초부터 없었다.

게다가 지금은, 아니 몇 년 동안 내 최대의 관심사는 그림이 아니었다. 공부도, 친구도 아니었다.

"그림과 노래는 다르다고 생각해."

하지만 순간적으로 그런 말을 했다. 사실 그림과 노래가 다른 것이 아니라 진심이 담긴 정도가 달랐다.

"그렇지."

착한 치나츠는 깨끗이 수긍해주었다. 수긍해주니 마음이 편해졌지만 왠지 조금 쓸쓸했다. 비슷한 근황을 서로 얘기할 수 있었으면 좋았을 텐데. 내게는 말해줄 만한 근황이 없다.

"좋은 음악은 듣고 있으면 마음이 움직이잖아. 움직인다고 할까, 뭔가 부드러워지거나, 날카로워지거나, 들뜨거나, 무너지거나 하는 거 말이야. 그래서 여러 번 듣고 있다 보면 그 움직임 너머에서 새로운 발견이 오잖아. 온다, 고 하는 것도 이상하지만 갑자기 저 너머에서 찾아오는 느낌이야. 특별한 노래 기술이나 방법 같은 게 아니라 잘난 척도, 가식도 없는 진지한 노래 속에도 새로운 발견은 있어."

치나츠는 즐거운 표정으로 말했다. 혹시 누군가 훼방을 놓을지도 모른다는 생각은 전혀 하지 않는 것처럼. 부러웠다. 남들이 하는 쓸데없는 말 같은 건 신경 쓰지 않고 그렇게 날마다 음악을 듣고, 노래에 마음이 흔들리고, 감동받고, 자신의 노래를 찾아가겠지. 이 아이는, 지금, 살아 있다.

"잠깐만, 미안."

더 이상 견딜 수 없어서 그 자리를 떠났다.

가게 안쪽에 있는 화장실에서 문을 닫고 크게 숨을 내쉰다. 발아래만, 혹은 눈앞의 일만 보며 나는 살고 있다. 좋아하는 사람에 대한 생각으로 머릿속이 가득 차서 다른 건 눈에 들어오지도 않았다. 그게 나쁘다고는 생각하지 않는다. 그렇게밖에 할 수 없다. 하지만 고교 시절 같은 반 아이들이 먼 곳을 목표로 열심히 하는 걸 옆에서 직접 보니 마음에 잔물결이 인다. 그녀들을 부드럽고 따뜻하게 지켜볼 수 있을 만큼 나는 성숙하지 않았다.

그때 갑자기 그리운 멜로디가 귓전에 날아들었다. 한순간 뭔지 알 수 없었다. 짧은 전주, 그리고 곧바로 들려오는 노랫소리. 레스토랑 스피커에서 그리운 그 노래가 흘러나온 것이다.

새는 나는 모습
하늘을 나는 모습

완전히 잊고 있었고, 지금까지 생각하지도 않았는데 그때의 마음이 되살아났다. 그때. 그 사람이 가르쳐준 노래.

아아, 그게 시작이었다. 나는 새가 아니라서 날 수 없다. 하늘을 올려다보고 한숨을 쉴 뿐이다. 지금은 하늘도 보이지 않는 이탈리아 레스토랑에서 예전 같은 반 아이들에게 둘러싸여 좌절하고 있다.

우리는 하늘을 날 수 없는 모습
터덜터덜 걷는 모습

줄곧 답답하고 개운치 않던 그때, 빡빡이 샘, 고전 선생님이 가르쳐준 노래다. 나는 원래 하늘 같은 건 날 수 없는 모습이었다. 터덜터덜 걸어갈 수밖에 없는 것이다. 터덜터덜이라도 한 발 한 발 힘껏 디디며.

저마다 변화를 꿈꾸는 2B반 아이들 중에서 나만 언제까지나 터덜터덜 아무것도 결정하지 못한 채, 교내 논문 현상 공모에도 떨어지고. 그뿐인가, 3년째 끌어오던 짝사랑도 실연으로 끝났다.

화장실 거울을 본다. 불만이 가득한 얼굴이 비칠까 생각했는데 그렇게 슬프지 않은 표정으로 내가 나를 보고 있다. 어떨까. 사토나카 요시코라는 인간은 터덜터덜 살아가는 자신과 생기 넘치는 친구들을 비교해서 자기혐오에 빠질까? 망설임 없이 바로, 그런 일은 없다, 고 말할 수 있다. 레이도 치나츠도, 물론 아야와 히카리도 힘을 내기를 바란다. 그 아이들의 바람이 이루어지기를 진심으로 바란다. 때때로 모든 게 싫어져서 질투를 느끼는 일이 있을지도 모르겠지만. 뭐, 그 정도는 눈감아주겠지. 난 여전히 저 애들을 좋아하니까. 나는 스스로를 부끄러워하거나 싫어하는 일은 없을 것이다. 터덜터덜이라도 걸어가면 된다. 반짝이는, 빛나는 목표가 없어도 한 발, 한 발 걸어가면 어딘가에 다다를 수 있다.

좋아, 하고 소리 내어 말해본다. 흐르는 노래를 흥얼거린다. 하이로즈의 〈바움쿠헨〉이라는 노래였다.

설령 꾸며낸 것 같은 꿈도
입에서 나오는 대로라도 좋아
현실로 바꿔가자, 우리는 그런 모습

꿈을 꾸며내는 건 조금 어렵겠지만 근황 정도라면 어떻게든 되지 않을까. 불과 보름 정도 전까지의, 논문 현상 공모에서 최종 후보로 선정되고, 좋아하는 사람에게 결정적인 한마디를 아직 듣지 못했을 때의 근황으로 돌아가면 된다. 즐거운 근황을 보여주고 그걸 현실로 바꿔가면 된다. 거울 속의 나에게 고개를 끄덕였더니 그쪽에서도 같이 고개를 끄덕여주었다. 기분이 조금 풀어졌다.

심호흡을 하고 자리로 돌아오니 왠지 분위기가 싸늘했다. 좀 전까지 부드러웠는데 뚜렷하게 가시가 돋쳐 있다.

"왜 이류라느니 네 멋대로 정하는데?"

사키가 화를 내고 있다. 상대는 아마도 레이 같다. 얼굴이 조금 붉다. 화를 낸 탓일까, 아니면 알코올이 들어갔기 때문일까.

"내가 정한 게 아니잖아."

레이도 정면으로 맞서고 있다. 이 아이는 웃으면서 피하는 기술을 모른다.

"하지만 최고는 될 수 없다고 네가 말했잖아. 스스로를 하찮게 보고 있잖아. 그런 정신으로 최고가 될 리 없어."

사키답다. 절대 양보하는 법이 없다. 주위 아이들은 모두 말 없이 맥주를 마시거나, 피자를 먹으면서 돌아가는 상황을 지켜보고 있다.

"우물 안 개구리라고 말하는데, 레이는 반대야."

사키의 말에 레이가 입을 다물었다.

"바, 반대라 하면, 그러면 개구리 안의 우물이야?"

치나츠가 머뭇머뭇 되물어서 그만 웃어버렸다. 개구리 안의 우물이라니, 무슨 소린지 모르겠다. 하지만 웃는 건 나뿐이었다. 사키는 조금도 웃지 않고 치나츠를 쳐다봤다.

"우물 안의 개구리는 좁은 세계에서 자기가 최고라고 우쭐거리잖아. 하지만 레이는 반대야. 사실은 최고가 될지도 모르는데 이류라고 스스로 단정 짓고 있어. 그렇게 포기하고 있잖아."

"소설을 읽는 게 노래를 포기해서가 아니야."

사키에 비하면 훨씬 작은 목소리로 레이가 대답한다.

"다만 이제 근거 없는 자신감을 가질 시기는 지났다는 거야."

"무슨 소리야, 그게. 근거가 없으면 만들면 되는 거 아냐?"

모두 저마다 무심히 뭔가를 하면서도 마른침을 삼키며 지켜보고 있다. 언제라도 레이가 움직이면 여파가 밀려온다. 우리는 파도를 헤쳐 나가거나 뛰어넘으면서 그래도 레이에게서 관심을 돌릴 수가 없다.

"레이가 부른 노래에 우린 마음을 빼앗겼어. 그건 환상이었던 거야? 아니면 우릴 얕잡아본 거야? 음대에 갔더니 나보다 더 뛰어난 사람이 많았어, 라니 어떻게 그런 말을 아무렇지 않게 할 수 있어? 레이의 노래는 레이가 마음대로 할 수 있는 거야? 그렇지 않아. 레이는 우리에게 책임감을 가져야 해. 노래하지 않으면 안 된다고."

맞은편에서 파스타를 나눠 담던 리에코가 손길을 멈췄다. 빈 유리컵을 든 채 아야가 사키를 바라본다. 작게 한숨이 새어 나왔다. 왜 사키는 이렇게 부담을 주는 걸까. 만약 레이가 자신감을 잃은 거라면 부담을 줘도 좋은 결과가 나오긴 어렵지 않을까?

레이는 한동안 말이 없었지만 평소와 다름없는 단정한 얼굴로 말했다.

"사키는 착각하고 있어."

전혀 기가 꺾이지 않았다. 사키를 똑바로 보고 말을 이어갔다.

"소설을 읽거나 어학 공부를 하는 건 노래하기 위해서야. 예를 들어 오페라는 이탈리아어로 되어 있잖아. 모국어가 아닌 말에 어떻게 감정을 실을지, 의미를 모르는 단어의 어디에 어떻게 마음을 담을지가 과제가 돼. 모르는 말에 마음을 담기는 정말이지 어려우니까. 그래서 어학 공부는 아무래도 필요해져. 소설을 읽는 건 감정을 자극하고 싶기 때문이야. 노래와 함께 울릴 수 있는 감정을 기르고 싶어."

레이로서는 긴 변명이었다.

"그렇다면 이류라느니 그런 말 하지 마. 핑계로 들리잖아."

기분 탓인지 사키의 말투가 누그러진 것처럼 들린다. 이번에는 치나츠를 향해 말했다.

"치나츠는 네 노래를 어떻게든 사람들에게 들려주려고 하잖아. 네 노래를 들려줄 일만 생각하고 있지."

"응, 맞아."

"그거면 된 거야. 끊임없이 들려줘야 해. 감동시키라는 말이 아니야. 다만 치나츠도, 레이도, 노래를 계속하기를 바라. 노래할 수 있다는 건 정말 축복받은 일이잖아."

노래할 수 있다는 건 정말 축복받은 일.

축복받았다, 라는 한마디에 욱신욱신 고막이 아프다. 나는 어쩌면 아무것에도 축복받지 못했는지 모른다.

쓸쓸함이 가슴속을 휘 하고 쓸고 갔지만 곧바로 스스로 부정했다. 좋은 가족이 있고, 좋은 친구도 있는데, 축복받지 못했다, 같은 말은 하고 싶지 않다. 논문 공모에 도전할 기운도 있었고 그 사람만 바라보며 좋아할 수도 있었다. 그것이 이루어지지 않았다고 해서 축복받지 못했다고 생각해서는 안 된다.

사키가 어떤 경험을 해왔는지 나는 잘 모른다. 하지만 분명 사키도 뭔가를 계기로 축복받고 있다는 걸 깨달은 것이다. 축복받지 못한 사람의 원망이 아니라 축복받은 사람이 그 축복에 감사하는 마음이 말에서 배어 나와 전해졌다. 분명, 그래서 심한 말을 해도 조용히 듣고 있을 수 있었다.

"노래할 거야."

레이가 말했다.

"그러니까 사키는 계속 들어줘."

이게 바로 레이다. 사키에게는 사키가 해야 할 일이 있을 것이다. 나는 내 일을 열심히 할 테니까 사키는 사키 일을 해. 보통 이런 게 친구 사이에서 오가는 말이 아닐까. 레이는 다르다. 나는 노래할 테니까 사키도 열심히 해, 가 아니다. 사키는 그 노래를 계속 들어줘, 라고 말할 수 있다. 노래하는 사람인 것이다. 상대가 누구든, 무엇을 하는 사람이든, 레이는 노래하는 사람이다.

눈앞에, 그때의, 빛나던 레이의 노랫소리가 되살아났다. 귓가가 아니라 눈앞에. 그렇다, 노랫소리가 마치 눈앞에서 춤을 추듯 레이는 노래한다. 우리는 그 노랫소리에 닿기만 해도 뭔가 아주 좋은 걸 만진 듯한 기분이 들곤 했다.

"미안하지만 우린 그때의 레이가 최고니까. 그걸 빼고 생각하기 어려워."

사키가 힘주어 말한다.

"어머."

대단히 낮은 목소리의 '어머'다. 노래할 때 소리와는 많이 다르다. 레이의 얼굴에 담대한 미소가 떠올랐다.

"미안하지만 그때 내가 어떤 노래를 불렀다 해도, 훨씬 옛날에 뛰어넘어 지금은, 훨씬 더 잘 불러."

주위의 모습이 변하기 시작했다. 파스타는 무사히 담겨서 나뉘지고 아야와 후미카는 무슨 얘기를 하며 웃고 노조미는 직원에게 우롱차를 주문한다.

"몸부터 만들어둬."

사키는 당돌하게 화제를 바꿨다.

"몸을 만들다니, 어딜?"

둘 사이에 끼어들 듯 리에코가 묻는다. 트레이닝, 이라고 했던 치나츠의 말이 떠올랐다. 이 애들은 분명 충분히 단련하고 있을 것이다. 더 트레이닝 한다면 어디일까?

"오페라 가수들 보면 다들 체격이 좋은데 너희 둘은 약하잖아. 몸부터 만들어가는 것은 어떨까 해."

사키, 하고 들뜬 소리로 말한 건 치나츠였다.

"봐줄 거야? 몸 만드는 거 도와줄래?"

분명, 사키는 대학에서 스포츠과학인가 뭔가 신체에 관련된 걸 전공한다. 하지만 사키는 매정하게 고개를 가로저었다.

"좋은 트레이너 찾아서 소개할게. 나는 안 돼. 제대로 최고의 프로에게 맡겨야 해."

"너무해."

바로 쏘아붙인 건 레이다.

"너무해, 사키. 우리에게는 최고를 목표로 하라면서 넌 도망 갈 생각이야?"

사키의 표정이 사나워졌다. 내 머리 너머로 두 사람이 서로 마주 보고 있다. 무엇 때문에 오랜만의 반창회가 긴장으로 치닫 는 상황이 되어버리는 걸까. 정말이지 유치하다. 같이 있는 애 들이 신경 쓴다는 걸 모르는 걸까? 히카리가 살며시 고개를 숙 였다. 히카리가 아무 말도 하지 않는다면 여차하면 중재에 들어 가는 건 치나츠일까? 치나츠는 당사자인가? 그럼 나, 내가 중간 에서 두 사람을 부드럽게 진정시켜야 하는 걸까?

후, 하는 소리가 들린 것 같다.

후후훗, 후후후훗.

누군가 웃고 있다. 마주 보고 있던 사키와 레이가 나를 본다. 아냐, 나 아니야. 주위를 둘러보니 어깨를 떨며 웃음을 참고 있 는 건 아야였다.

"아, 마지막으로 재밌는 모습 보고 가네."

아야는 장난스러운 표정을 지었다.

"둘 다 여전해. 성격이 강한 듯하면서도 의외로 물러서 진짜 우습다니까."

"그래 보여?"

"그렇다니까."

그렇다니까, 하고 대답한 건 아야뿐만이 아니다. 여기 있는 2B반 모두가 그렇게 생각했을 테고 그중 몇 명은 세차게 고개를 끄덕였다. 물론 나도.

오늘 나와서 다행이다. 갑자기 그런 생각이 들었다. 트레이닝, 하고 싶다. 나도 나 자신을 바짝 죄어 단련하고 싶다.

"근데 근황 보고는 어떻게 됐어? 벌써 다 끝난 거야?"

"그런 거 같은데."

"아, 요시코는? 요시코, 아직 안 했지?"

"아니, 됐어. 난."

"안 돼, 안 돼. 안 하는 게 어딨니. 요시코는 어떻게 지냈어?"

"지금도 그림 그려?"

"응, 그냥."

대답하면서 일어선다.

"안 일어나도 된다니까."

어느새 옆에 와 있던 아야가 스커트 자락을 잡아당겼다.

"괜찮아, 일어서고 싶어서 그래."

일어서서 나를 보는 모두의 얼굴을 확인한다.

"보고할 만한 화려한 근황은 없습니다."

일부러 일어서서 할 말도 아니었다. 적당히 근황을 꾸며낼 생각이었는데.

"소박한 근황을 보고하겠습니다. 지난주에 차였습니다."

"뭐야, 그게."

"요시코를 차다니 대체 어떤 남자야?"

정말이다. 어떤 남자였더라. 성인이 되면 생각해볼 테니까 어쨌든 지금은 마음 가라앉히고 공부해, 라고 해놓고는 스무 살 생일을 맞아 다시 고백했지만 여전히 소용없었다. 무척 놀란 얼굴로 미안, 하고 사과하더니 이윽고 이번에 결혼해, 라고 했다. 놀라던 것, 사과한 것, 결혼 소식을 알린 것, 쾅, 콰앙, 콰장창, 세 단계로 점점 강력해지는 충격으로 쓰러질 것 같았다.

"시시한 남자는 잊는 게 최고야."

"맞아, 맞아, 요시코라면 분명 좋은 남자를 발견할 거야."

저마다 건네는 위로의 말을 고맙기도, 한심하기도 한 심정으로 듣고 있다.

"고마워. 그래, 좀 더 좋은 사람이 나타날지도 모르지."

말을 하자마자 뺨이 조금씩 떨렸다. 마그마같이 뜨거운 덩어리가 복부 아래에서 치솟아 올랐다.

"요시코, 왜 그래?"

걱정스럽게 물어서 고개를 흔든다.

"시시한 남자가 아니었단 말야. 더 좋은 사람 같은 건 이젠 없다고."

말을 하고 나니 더 이상 참을 수 없었다. 훌쩍훌쩍, 훌쩍거리며 흐느껴 울었다.

"요시코, 괜찮아?"

"우는 거 보니 취했구나."

그렇지는 않을 것이다. 취할 만큼 맥주를 마시지 않았다. 하지만 왠지 취기가 올라와, 마음속까지 울렁거려서 그걸 토해내지 않으면 더 이상 아무것도 할 수 없을 것 같은 기분이었다. 내몰리듯이 엉엉 울었다.

"그래, 그래, 실컷 울어. 기분 풀릴 때까지."

누군가 등을 쓰다듬어준다. 아마 아야일 것이다. 역시 다정하다. 멀리 있더라도 반드시 만나러 갈게. 그래, 꼭 그렇게. 울면서 머리 한쪽으로 생각했다.

"울지 마, 응? 요시코."

이 목소리는 사키다. 고개를 들 틈도 없이 하얀 손수건을 건네주었다. 갑자기 귓가에 멜로디가 흐른다. 좀 전에 들려오던 〈바움쿠헨〉이다.

> 다빈치의 영감과
> 라이트 형제의 용기로
> 우린 하늘을 날지 못하는 대신
> 달에 로켓을 날리지

나는 다빈치도 아니고 라이트 형제도 아니다. 달에 로켓 같은 건 쏘아 올릴 수도 없다. 그때도 지금도. 생각대로 되지 않는 일뿐이고 어디를 향해 걷는지도 모른다. 하지만 친구들이 있다. 누군가는 다빈치고 누군가는 라이트 형제일지도 모른다. 그리고 언젠가 나에게도 다빈치의 영감이 찾아올지도 모른다. 어쨌든 느리게라도 걷는 것이다. 주저앉아 있는 건 시시하다. 옆에서 걷는 사람을 비판하거나 달리는 사람을 부러워하거나, 그런 짓을 하다가는 여기 있는 모두에게 뒤처져버린다.

"빡빡이 샘, 바보."

손등으로 눈물을 닦으며 중얼거리자,

"뭐?"

"뭐라고?"

대놓고 놀라는 소리가 여기저기서 들린다.

"빡빡이 샘이라니, 설마, 그 고전 샘……?"

누군가 내 등에 올린 손길을 거둔다. 괜찮아, 날지는 못해도 내게는 날개 대신 두 팔이 있으니까.

"응, 맞아."

나는 대답했다. 아직 울음 섞인 소리였지만.

"쉰 목소리에, 촌스런 옷에, 완전 아저씨 같은 그 고전 샘."

"……전혀 몰랐어."

"빡빡이 샘과 뭔 일 있었어?"

"빡빡이 샘 어디가 좋았는데?"

"언제부터?"

질문이 잇따라 쏟아졌지만 대답은 하나다.

"아무 일도 없었어. 계속 나 혼자 좋아한 거야."

"말도 안 돼."

웃어야 할지, 어찌 해야 할지 몰라서 다들 곤란한 얼굴이다.

하하, 하고 웃어 보았다. 하하하하. 별로 웃기지 않는데도 웃기 시작하니 몸이 흔들렸다.

"하하하하하하하."

내가 웃는 걸 보고 모두들 안심한 듯하다. 몇 명이 따라 웃어주었다. 하하하하, 웃고 또 웃었다. 하하하하하하.

빡빡이 샘을 따라서 여기까지 왔다. 빡빡이 샘. 그때 2B반에 있었기 때문에 나는 빡빡이 샘을 좋아한 거라고 생각한다. 완전히 실연당할 것도, 어쩌면 예감하고 있었다는 생각이 든다. 그는 교사고 나는 학생이었다. 사랑이 이루어지지 않는 편이 좋다. 마음 한구석에서 그렇게 생각하고 있었는지도 모른다.

고전은 지금도 좋아한다. 빡빡이 샘이 미우면 고전도 싫어질 법한데 전혀 싫어지지 않았다. 빡빡이 샘에게 조금이라도 가까이 가고 싶어서 선택한 일본 문학에, 고전에, 나도 모르게 끌리고 있다. 재미있어서 좀 더 공부하고 싶어졌다. 아마도 이런 작은 마음에 의지해서 일어서면 될 것이다. 그런 예감이 든다.

"칫, 빡빡이 샘, 바보."

모두가 다시 곤란한 얼굴로 서로 얼굴만 쳐다본다.

"자, 자, 이제 뚝."

누군가 아이를 어르듯이 달래준다. 괜찮아, 이제 곧 울음을 그치고 금방 제대로 걷기 시작할 거야. 지금은 조금 더 투덜거리며 응석을 부리고 싶은 마음이었다.

4장

코스모스

슈크림 같은 아이구나, 라는 게 첫인상이었다.

"도조 아야입니다. 잘 부탁드립니다."

소개를 마치고 꾸벅 고개 숙인 머리가 찰랑거린다.

조금 더 자세히 소개하라고 직원들이 재촉해서 곤란해하는 것 같다. 대학 시절 전공과 활동하던 동아리, 이어서 좋아하는 음식을 얘기하다가 말문이 막혔다. 성실해 보이고 귀엽다.

우리 회사는 안경을 제조해서 판매한다. 공장과 사무실 직원을 합쳐 60명이 채 안 되는 회사다. 나는 고등학교를 졸업하고 입사한 지 올해로 꼭 10년이 된다. 작년에는 신입사원이 없었고 재작년에는 영업부에 경력직 남자 사원이 한 명 들어왔을 뿐이니까 올해는 실적이 다소 좋아지고 있다는 의미일 것이다. 정치나 사회, 경제는 잘 모르지만 우리 회사 사정에 대한 거라면 자연스럽게 알 수 있다. 이렇게 대학 신규 졸업자를 채용할 수 있다는 건 상황이 좋다는 의미다.

그런 생각을 하다가 이어지는 그녀의 말에 깜짝 놀랐다.

"도쿄에서 태어나고 자랐습니다."

놀란 건 나뿐만이 아니었던 것 같다. 옆자리에 앉은 요시모리 상과 우루시바라 상의 어깨가 으쓱 올라가는 것이 보였다.

요즘 세상에 도쿄가 특별한 건 아니다. 나도 여러 번 놀러 간 적이 있고, 그렇지, 입사 2년 후배인 미즈노는 도쿄에 있는 대학을 나와 고향으로 돌아와서 우리 회사에 입사했다.

하지만 왜? 나는 다시 사장 옆에 서 있는 화사한 여자 아이를 본다.

왜, 무슨 생각으로, 도쿄에서 태어나고 자란 아이가 대학을 졸업하자마자 일부러 이런 도시, 이런 회사에 온 걸까?

비하하는 건 아니다. 이런 도시라는 건 단순히 이 도시를 가리키는 말이고 이런 회사라는 것도 나쁘다는 의미가 아니다. 나는 우리 회사가 꽤 마음에 든다. 하지만 바꿔 말한다면 이런 도시는 전국 어디나 얼마든지 있을 테고 이런 회사와 비슷비슷한 회사도 분명 많을 것이다.

"부족한 게 많지만 열심히 노력하겠습니다. 앞으로 잘 부탁드립니다."

인사말을 끝낸 후 그녀는 공손하게 머리를 숙였다.

라인마커라고 하던가. 운동장에 하얀 선을 긋는 그 이상한 도구. 작은 타이어가 붙어 있고 안에 든 석회가 밑으로 나오게 되어 있는. 그 라인마커가 돌돌 소리를 내며 눈앞을 지나간 느낌이었다.

'도조 상'보다 '아야 짱'이라고 이름을 부르는 게 딱 맞을 것 같은, 아직 어딘가 소녀다운 귀여움이 남아 있는 신입사원에게, 나는 이때 하얀 선으로 선명하게 선을 그었다.

눈이 내리면 목 상태가 안 좋아진다. 추위 탓인지 기압 변화 탓인지 잘 모르겠지만. 이제는 봄이 되어 목 상태가 많이 호전되리라 여겼다.

그게 요즘 다시 심상치 않다. 목부터 어깨까지 개운치 않은, 욱신거리는 듯한, 이상한 무게감이 짓누른다. 오른쪽으로 한 번, 왼쪽으로 한 번, 목을 돌려보고 다시 천천히 크게 돌린다. 이런 불편한 느낌을 어떻게 표현하면 좋을지 모르겠다. 굳이 표현하지 않도록 무의식중에 자제하는 건지도 모른다. 소리 내어 말하는 순간 언제나 눈앞에 끼어 있는 아지랑이 같은 것의 실체를 알게 될 테니까. 그걸 똑바로 보는 건 두려우니까.

또 한편, 대단한 건 아니라는 생각도 든다. 그건 그냥 사고, 아무것도 아닌 작은 사고, 라고 스스로를 다독인다. 지금까지 몇 번이나, 몇십 번이나 외쳤던 말을, 소리를 내진 않지만.

초등학교 때 아빠가 운전하는 차를 타고 가다가 추돌 사고가 났다. 단지 그뿐이다. 아무것도 아닌 일, 잊어버려도 이상하지 않은 일, 벌써 십여 년이나 지난 이야기다.

그날도 눈이 내렸다. 네거리에서 뒤차가 와서 쾅, 하고 부딪쳤다. 모퉁이에 파출소가 있었기 때문에 아무도 속도를 내지 않고 신호도 무시하지 않는다. 추돌한 차는 눈 때문에 미끄러지면서 멈추지 못했던 것 같다. 그 정도였기에 사고라고 부를 것도 없다. 나 말고는 누구도 다치지 않았고 실제로 차도 거의 손상되지 않았다.

그런데도 쾅 하는 그 소리가 울린다. 같이 타고 있던 가족 누구도 아무 일이 없었는데 뒷좌석에 있던 나에게만 울렸다. 지금도 추워지면 욱신거린다. 밤에 잠을 못 잘 정도로 욱신거리고 불편하다. 심할 때는 초조해질 정도다.

어처구니없는 일이다. 대단치 않은 사고였다는 건 나도 잘 안다. 그런데 왜. 왜 내가? 왜 언제나 목을 감싸고 어깨 통증에 시달리고 편두통을 앓으면서 살아가는 걸까. 목부터 어깨까지 쑤시며 욱신거리다가 어느 사이에 가슴까지 아파서 모든 의욕이 사라진다. 밝은 마음도 수그러든다. 이런 증상을 안고 살고 싶지는 않았다.

그 증상이 봄인데도 도졌다. 목부터 어깨까지 무거워서 하루에도 몇 번이나 한숨을 내쉰다.

간신히 일을 마치고 탈의실에 가니 마침 도조가 있었다. 말랑한 바닐라향이 나는 느낌이다. 스무 살이란 이토록 싱그럽다. 내가 그 나이 때는 알지 못했다. 지금도 그때와 그렇게 달라진 건 없지만 이렇게 눈앞에서 보면 바로 실감이 난다. 스무 살이란 젊다. 피부에 윤기가 흐르고, 머리칼은 풍성하고, 몸은 탄탄해서, 쿡쿡 쑤시는 증상 같은 건 절대로 없을 것 같다. 젊다는 건 그런 것이다.

"수고했어요."

이 말만 하고 지나쳤다. 어른답지 못한 걸까. 선배니까 좀 더 선배다운 말을 해줘야 할까. 일은 익숙해졌어? 이런 뭔가 친절한 말을. 그런 생각을 하지 않은 건 아니지만 아무 말도 하지 못했다.

젊고 귀여운 대학 졸업생. 도쿄에서 태어나 도쿄에서 자랐다. 나와는 맞지 않는다고 이미 하얀 선을 그은 사람이었다.

유니폼 스커트를 벗으면서 살짝 그녀 쪽을 돌아보았다. 그녀는 이미 내게서 등을 돌리고 옷을 갈아입고 있다. 무슨 말이든 걸어볼까, 생각하는데 머리칼 아래로 까만 선이 나와 있는 게 보였다. 이어폰을 끼고 있는 것 같았다.

조금 맹랑한 느낌이었다. 나는 퇴근할 때까지 회사에서 이어폰 같은 건 끼지 않는다. 하지만 나도 신입사원 때는 이런 사회생활의 예의 같은 건 아무것도 몰랐다.

얼른 갈아입고 나가면서 그녀 옆을 지나친다. 먼저 갈게, 했더니,

"앗, 수고하셨습니다!"

그녀가 당황해서 이어폰을 빼고 돌아보며 대답하는데, 목소리가 가라앉아 있다. 얼결에 멈춰 서니 그녀는 억지웃음을 짓고 고개 숙여 인사를 했다.

"……무슨 일 있어?"

그녀는 어색한 미소를 지은 채 고개를 가로젓는다.

"울고 있잖아?"

토트백 포켓에서 손수건을 꺼내 건네준다. 그녀는 가만히 받아 들더니 그대로 손안에 꼭 움켜잡았다. 한동안 고개를 숙이고 있다가 들어 올리며 손수건을 내밀었다.

"죄송합니다. 저, 이거 빌리면, 바로 세탁하고 다림질해서 돌려드릴 수 있을지 자신이 없어서요."

말을 하다가 멎었던 눈물이 또 터진 것 같았다.

그러고 보니 맞아 그랬었지, 하고 나의 입사 당시가 떠올랐다. 신입사원 때 하는 일마다 실수가 많아서 앞을 내다보기는커녕 상사가 무슨 지시를 하는지 의미 자체를 몰라서 매일 우왕좌왕하다가 녹초가 됐다. 더구나 이 아이는 낯선 곳에 와서 혼자 생활을 막 시작한 상태다. 긴장과 피로가 쌓여서 울고 싶어지는 것도 무리는 아니다. 손수건 한 장을 다림질할 마음의 여유도 없을지 모른다.

왜 이런 도시를, 이런 회사를 골랐는데? 그걸 물어보고 싶었다. 하지만 망설였다. 너무 참견하는 것 같기도 했고, 물었다가 뜻하지 않은 대답이 나오면 난처할 것 같기도 했다.

"뭘 듣고 있었는데?"

결국 무난한 걸 물었다.

"아, 이건."

도조는 가방에서 아이팟을 꺼냈다.

"지금은 아무것도 안 들었어요. 사람들과 얘기하지 않을 때도 대개 이어폰 끼고 음악 듣는 척했어요."

너무 정직한 대답이었다. 혼자서 눈물을 참고 싶었다는 것이겠지.

"죄송해요."

순진하게 고개를 숙이는 모습은 아직도 어린 학생 같아서 미워할 수가 없다.

"괜찮아, 아무도 말을 걸지 않았으면 하는 때가 있잖아."

내 말에 그녀는 부끄러운 듯이 고개를 끄덕였다. 그리고 이어폰을 나에게 내밀었다.

"괜찮으시면 들어보실래요?"

이어폰을 받을까, 망설였다. 어떤 음악을 듣는지 관심은 있었지만 취향이 비슷할지는 알 수 없다. 그런데 그녀가 말했다.

"전 이 노래를 듣다가 이곳에 오기로 결심했어요."

나는 까만 이어폰을 받아 들고 양쪽 귀에 꽂았다. 그걸 확인하고 그녀가 아이팟 플레이버튼을 눌렀다. 귓속 깊은 곳에서 조용히 음악이 흐르기 시작한다. 밝고 경쾌한 피아노 전주. 나는 가만히 눈을 감는다. 곧 노랫소리가 흘러나왔다.

여름 초원에 은하는 높이 노래하네

합창곡 같다. 여자들 목소리만, 그것도 상당히 젊은 목소리의 합창이었다.

가슴에 손을 얹고 바람을 느끼네

바람을, 정말로 느낀 듯한 마음이 들었다.

하지만 거기까지 들었을 때 탈의실 문이 열렸다.

"수고했어."

"수고하셨습니다."

일을 마친 동료 서너 명이 들어온다.

이어폰을 낀 채로 있는데, 갑자기 음악이 꺼졌다. 도조가 자연스러운 손놀림으로 내 귀에서 이어폰을 뺀다.

"왜 그래? 벌써 끝난 거야?"

도조는 아이팟을 살며시 주머니에 넣으면서 작게 웃더니 고개를 저었다.

"죄송해요, 억지로 듣게 해서."

억지로 들은 건 아니었다.

분명, 느닷없이 남에게 자신이 좋아하는 곡을 권하는 건 다소 억지 같았는지도 모른다. 하지만 싫지는 않았다.

도조는 좀 전까지 울고 있었다고는 생각할 수 없는 밝은 미소를 띠고 고개 숙여 인사했다.

"수고하셨습니다."

에가와 상이 수고했어요, 하고 인사를 받으면서,

"어때? 이제 적응이 좀 된 거 같아?"

조금 선배답게 물었다. 에가와 상은 3년 전에 입사했다. 그 후 신입사원이 들어오지 않아 지금까지 막내 취급을 받았다. 도조가 들어와서 좋았는지도 모른다.

하지만 적응됐는지 어떤지 지금 도조는 대답하기 어려울 것이다. 그녀는 적응되지 않았다. 직장에도, 도쿄에서 막 옮겨온 이 도시에도.

"예, 덕분에 많이 익숙해졌어요."

도조가 방긋 웃으며 대답하는 걸 듣고 가슴이 무거워졌다.

무리하고 있다.

무리하지 말라고 하는 게 무리인지도 모른다. 여기서 일하겠다고 한 이상 적응이 안 되네요, 같은 나약한 소리를 해도 될 때가 있고 그렇지 않을 때가 있다. 일단, 덕분에 익숙해졌습니다,

라고 대답하는 편이 좋을 때도 분명 있는 것이다.

"모르는 게 있으면 뭐든 물어봐."

에가와 상은 다정하게 말하고 그 자리에서 훌훌 유니폼을 벗더니 옷을 갈아입기 시작했다.

"그럼 수고하셨습니다."

어딘가 어정쩡한 채로 나도 인사를 하고 탈의실을 나왔다. 아마 도조는 더는 울지 않을 것이다. 조금 무리를 해서라도 미소를 띠고 평범한 얘기만 할 것이다.

그 노래는 뭐였을까?

그런 생각이 들었지만 다음 기회를 기다리기로 했다.

다음 기회라는 건 언제나 좀처럼 오지 않는다. 타석이라면 여덟 명을 기다리면 적어도 한 번은 설 수 있지만, 이건 야구가 아니다. 축구도 아니다. 굳이 말하자면 배드민턴을 떠올렸다. 한 번 떨어뜨린 셔틀콕. 귀에서 빠져나간 이어폰은 공을 쳐서 넘기다가 코트에 툭, 하고 떨어진 셔틀콕 같았다.

도조는 성실했다. 언제나 업무 시간보다 훨씬 일찍 나와서 책상 위를 닦거나 휴지통을 비우고 복사용지를 보충해두는 등 다른 사람이 뒷전으로 미루는 일을 해놓았다. 근무시간에는 조금이라도 일찍 일을 끝내려고 부지런히 움직이는 게 느껴졌다. 열심히 하는구나, 라는 게 솔직한 느낌이었다.

점심으로는 매일 귀여운 면직물 보자기에 싼 도시락을 가져왔다. 혼자 산다고 하니까 직접 만들어 왔을 것이다. 편의점에서 구입한 삼각김밥이나 샌드위치에 요구르트 같은 걸로 점심을 때우는 일이 많은 나는 손수 만든 도시락에 감탄했다. 그리고 안심했다. 이 아이는 잘 해나갈 거야, 라고. 열심히 노력한다고 느낀 건 나뿐만이 아니다. 도조는 상사나 동료들에게도 호감을 얻어 얼마 지나지 않아 '도조 상'에서 '아야 쨩'으로 호칭이 바뀌었다.

그래서, 라는 건 핑계일까. 나는 잊어버렸다. 그녀가 탈의실에서 울었던 그날을. 나에게 무슨 노래를 들려주려고 했던 것을. 잊어도 된다고 생각한 걸까, 잊어버리는 편이 그녀를 위하는 거라 생각한 걸까.

같은 회사라도 부서가 다르기 때문에 근무 중에는 함께 일을 하는 경우가 거의 없다. 신입사원. 도쿄에서 온 부드러운 인상의, 하지만 의외로 성실하고 귀여운 아이. 거봐, 내가 걱정할 필요는 없어. 그렇게 생각하고 싶었는지도 모른다.

욱신거리는 증상은 전혀 좋아질 기미가 보이지 않았다.

일할 때는 물론, 집에 있어도, 쇼핑할 때도, 오쿠노 상과 만나고 있을 때도, 어깨부터 목 주변이 쿡쿡 하고 욱신거렸다.

"어디 가고 싶은 데 있어?"

운전석에 앉은 오쿠노 상이 묻는다. 남색 셔츠 앞가슴에 은색 하트 목걸이가 보인다. 작년 밸런타인데이에 내가 선물한 목걸이다. 앤티크 풍 가죽 끈에 큼지막하게 어그러진 하트가 붙어 있다. 하트 같은 게 어울릴까, 하며 오쿠노 상은 민망한 표정을 지었지만 역시 잘 어울렸다.

"아니, 특별히 없어."

조수석에서 대답하니 오쿠노 상은 앞을 본 채 흠, 소리를 낸다.

일단 8번 국도를 타기 위해 북쪽으로 향한다.

"오랜만에 가나자와까지 가볼까?"

"응, 뭐."

그다지 마음이 내키지 않았다. 목이 아프다. 가슴이 답답하다.

"그럼, 영화는 어때?"

"……뭐 재미있는 영화 있어?"

질문에 질문으로 답한다. 하지만 그 질문에 답이 없어서 운전석을 보니 오쿠노 상은 무표정하게 앞만 보고 있었다. 기분이

상한 걸까 생각했을 때,

"기분 안 좋은 거 같네. 회사에서 무슨 일이라도 있었어?"

오쿠노 상이 물었다.

"응? 나?"

안 좋은 일 같은 건 기억에 없다. 아마 기분이 안 좋은 건 오쿠노 상일 것이다.

"나오 짱, 요즘 계속 그런 느낌이야. 재미없다는 표정이고. 회사가 아니면 집에 뭔 일 있는 거야?"

나는 고개를 가로저었다. 집에도 특별한 일 같은 건 없다. 하지만 회사도 아니고 집도 아니라면 자신에게 불만이 있다고 느끼지 않을까.

"만나도 즐겁지 않다면……."

우회전 차선으로 들어가면서 오쿠노 상이 말하려는 걸 급히 막는다.

"무슨 소리야, 즐겁지 않을 리가 있어? 미안해, 조금 피곤해서 그래. 계속 야근에다 여전히 목도 아프고."

멀리 가지도 않고, 영화도 보지 않고, 오늘도 역시 카페에 가서 뭔가 먹고 마시고 별것 아닌 얘기를 주고받다가 시간이 가겠지.

별것 아닌 얘기, 라고 생각한 순간, 왠지 그래선 안 된다는 마음이 들었다. 아무리 작은 일이라도 함께 나누며 기뻐하던 때가 지나고 지금은 서로가 서로를 두근거리게 할 특별한 얘기 같은 건 떠오르지 않게 됐다. 뭔가, 얘기하고 싶다. 얘기해야 한다.

"신입사원 여직원이 말야."

나도 모르게 도조 이야기가 튀어나왔다.

"매일 아침 일찍 나와서 사무실 책상 위를 다 닦아놔."

"그래? 제법 당찬 신입이네."

응, 고개를 끄덕이며 앳된 모습이 남아 있는 도조의 웃는 얼굴을 떠올렸다.

"부모님이 가정교육을 잘 시켰나 보네. 근데 의외로 일은 대충하거나 하지 않아?"

기억 속에 자리한 그녀의 웃는 얼굴이 갑자기 구겨지듯 무너졌다.

"글쎄, 어떨까."

그렇게 대답하면서 목과 어깨뿐만 아니라 머리부터 등까지 욱신거리고 불편한 느낌이 퍼져가는 걸 느꼈다.

아무것도 모르고 이야기를 들어준 오쿠노 상에게 화를 내서는 안 된다. 더군다나 도조에게 화가 나는 것도 아니다. 하지만 괜히 화가 나려고 했다.

그 아이는 가정교육을 잘 받았지만 일은 그저 대충 할 셈으로 하고 있다? 그럴 리가 없다. 아니, 가정교육을 잘 받은 사람이 싫다는 것도 절대 아니고, 일하는 자세가 어떠하건 상관없다. 다만 그녀를 자기 멋대로 단정 짓는 데 거부감이 생겼다. 일부러 도쿄를 떠나 혼자 생활하면서 열심히 일하고 있다. 분명 대충 하려는 마음은 아닐 것이다.

그러곤 깜짝 놀랐다. 화가 나는 이유. 순간적으로 생각이 났다. 놀람과 동시에 온몸이 떨렸다.

"이제 알았어."

중얼거리는 소리에 오쿠노 상이 핸들을 잡은 채 흘낏 나를 봤다.

"뭘 알았다는 거야?"

"나는 나한테 화가 난 거야."

목소리가 작아졌다. 짜증의 원인이 나 자신에게 있는 게, 슬프다. 어느새 스물여덟 살이 되어 실수 없이 일을 처리할 수 있고 남들과도 어려움 없이 어울릴 수 있게 되었다. 그건 중요한 일이라고 생각하지만…….

사회생활을 시작한 지 10년이 되는데도 일에 보람을 느낀다고는 할 수 없다. 아침 일찍 출근해서 책상을 닦을 마음도 없다. 그렇다고 특별히 마음을 쏟는 일이 있는 것도 아니고 사귀는 사람과 결혼을 전제로 이야기가 진행되는 것도 아니다. 애초에 진심으로 결혼할 생각이 있었는지 없었는지조차 모를 정도다. 그런 나 자신의 모호한 감정에 우울한 마음이 들어버린 것이다.

살며시 운전석의 옆얼굴을 바라본다. 오쿠노 상은 이곳에 전근 와 있기 때문에 앞으로 몇 년 뒤에는 떠난다. 그때 나는 따라가는 걸까. 따라가고 싶은 걸까. 그렇다면 일은 그만두는 걸까. 가족은 두고 가는 걸까. 거기까지 생각하다가 언제나 멈춰버린다. 도무지 모르겠다. 아니, 모른다기보다는 생각하고 싶지 않다.

"뭔 일 있었구나."

목소리 톤이 부드러워졌다. 다정한 사람이다.

"아니, 괜찮아. 미안해."

나 자신에게 화가 나 있는데 오쿠노 상을 끌어들여선 안 된다. 오쿠노 상에게는 아무 잘못이 없다. 지금 오쿠노 상과 함께 있는 이 시간을 제대로 즐겁게 보낼 것. 그렇지 않으면 점점 더 나 자신이 싫어질 것 같았다.

"참, 야구 타격 연습장에 가볼까?"

영화관 앞으로 8번 국도를 따라가다 보면 왼쪽에 있다. 내 제안에 오쿠노 상은 놀란 표정이었지만 곧 입가에 미소를 지었다.

"웬일이야, 갑자기. 야구 같은 거 흥미도 없으면서."

야구에는 분명 흥미가 없다. 스포츠를 좋아하지도 않는다. 하지만 잠시라도, 보통 때와는 다른 걸 해보고 싶어졌다. 오쿠노 상과 둘이서, 평소라면 하지 않을 일을 해보면 즐거울 것 같았다.

"방망이를 실컷 휘두르면 상쾌해지지 않아?"

내 말에 오쿠노 상은 고개를 끄덕였다.

"역시. 뭔가 떨쳐내고 싶은 일이 있는 거구나."

떨쳐내고 싶은 일. 있을까? 있었던 것 같기도 하고 떨쳐버려야 할 정도로 힘든 일은 없는 것 같기도 하다.

"근데 오늘은 좀 무리겠어."

아까보다 훨씬 기분이 밝아진 목소리로 오쿠노 상이 말했다.

"왜?"

순간 나를 쳐다보더니 내 발끝을 가리켰다.

"그런 하이힐로?"

"아……, 하이힐이면 안 돼? 무리야?"

오쿠노 상은 웃었다.

"안 되겠지, 아마."

"그래? 그렇겠네. 미안해."

신발 때문에 포기한 걸로 할 수 있어서 다행이다. 이런 상태로 타격 연습장 같은 델 간다 해도 실제로는 목이 아파서 방망이를 휘두르지도 못했을 것이다. 이, 목. 아무 데도 이상이 없다는데 계속 욱신거리며 아픈 목.

결국 영화를 봤다. 특별히 보고 싶은 영화는 없었지만 오쿠노 상이 추천한 영화는 굉장히 좋았다. 나 혼자였다면 아마 보지 않았을 것이다. 오아후 섬과 카우아이 섬의 웅대한 자연이 강렬한 인상으로 남았다. 하와이는 호놀룰루밖에 몰랐는데 이 영화를 보고 나서 하와이를 동경하게 됐다.

오쿠노 상에 대해, 별로 아는 게 없는지도 모른다. 친구 소개로 만난 지 2년이 되지만 언제나 차분한 사람이기 때문에 이렇게 뜨거운 영화를 좋아할지는 몰랐다. 많이 안다고 생각해도 구체적으로 하나하나 경험하지 않으면 모르는 일이 많다.

영화가 좋았기 때문인지 영화관 근처의 뷔페식 레스토랑에서도 오쿠노 상은 내내 즐거워 보였고 그 모습을 보니 나도 즐거웠다.

이렇게 즐거운 일만 하고 살 수 있다면 좋을 텐데.

돌아오는 길에 오쿠노 상의 차에 타려는데 문득 생각났다. 그러면 안 될까? 즐거운 일만 하면 좋지 않을까? 즐겁지 않은 일을 누가 내게 강요하는 걸까?

물론 세상에 즐거운 일만 있는 건 아니다, 라고도 생각한다. 그렇기 때문에 스스로 뭔가를 할 때는 즐거운 일만 하고 싶다. 이미 어린 나이는 아니지만. 이렇다 할 재능도 없고 돈도 없지만. 소소하지만 즐거운 일을 하며 살고 싶다.

그런 생각을 하는 나에게 스스로 놀랐다. 젊음이나 재능, 돈, 그런 게 없으면 즐길 수 없는 종류의 즐거움이라면 별로 필요 없다. 그런 게 없어서 즐겁게 살 수 없다는 건 핑계일 것이다.

문을 닫고 안전벨트를 맨다.

"카푸치노 사 갈까?"

오쿠노 상이 물었다. 이 도시에 이 커피 체인점은 여기 한 군데뿐이다.

"아니, 너무 배가 불러서."

분명 오쿠노 상은 전에 생활하던 도시에서는 이 체인점 카푸치노를 매일같이 마셨을 것이다. 영화관과 쇼핑센터, 레스토랑 서너 개가 함께 있는 공용 주차장에서 초록색 간판을 올려다본다. 오쿠노 상은 다음에 생활하게 될 도시에서 한 군데밖에 없던 이 가게를 떠올릴까? 그때 옆에 있던 나도 떠올릴까? 아니면, 그때도 난 오쿠노 상 옆자리에 앉아 있을까?

나는 여기서 태어나서 줄곧 살았기 때문에 없는 것에도, 있는 것에도 별로 예민하지 않은 건지도 모른다. 오늘 밤 카푸치노를 마셨으면 좋았을 것 같지만 오쿠노 상의 감청색 차는 이미 서점 옆을 지나 차도로 나가려는 참이었다.

"있잖아, 오쿠노 상. 이것만 있으면 좀 더 즐겁게 살 수 있을 텐데, 하는 거 있어?"

대도시에서 생활하던 오쿠노 상에게 이곳은 부족한 것투성이일 것이다. 오쿠노 상은 조금 생각하는 표정을 지었다.

"시간인 거 같아. 요즘, 매일같이 꽤 바쁘거든. 만날 시간을 제대로 못 내서 미안해."

깜짝 놀랐다. 그렇게 생각하다니.

"고마워."

그저 말없이 있었다. 기분이 나빠서가 아니라 아무 말 하지 않아도 좋을 것 같았기 때문이다.

이것만 있으면 좀 더 즐겁게 살 수 있을 텐데, 하고 생각하는 건 현실에서 도망치는 것이다. 없어도 된다. 이것만 있으면, 하고 언제까지나 그 생각만 하는 것보다 없는 데서 시작하는 게 좋다. 부족한 것을 아쉬워하는 게 아니라 받아들이는 편이 훨씬 좋은 것이다. 물론 무척 어렵다는 건 절실히 느껴서 알지만.

나는 지금까지 이것만 있으면, 이 아니라 이것만 없으면, 하고 생각해왔다. 그 추돌사고만 없었더라면. 그랬다면 좀 더 구김살 없이 살아갈 수 있지 않았을까.

그 사고로 많은 것이 변했다. 맑은 눈동자에 비치던 풍경에는 희미한 막이 드리워지고, 바람에 섞인 계절의 향기는 더 이상 특별하지 않았으며, 어떤 음악을 들어도 설레는 일이 없어졌다.

하지만 매듭을 짓는 게 좋겠다고 생각한다. 변한 건 사고 때문이 아니다. 목이 욱신거리는 건 조금 문제지만 단지 그뿐이라고 생각하자. 그렇지 않으면 나는 앞으로도 없는 것에 사로잡혀 살아가게 된다.

성적은 좋은 편이었지만 빨리 일하고 싶었다. 대학에 갈 생각이 별로 없어서 상업고교에 진학했다. 거기에서 부기 같은 자격증을 따는 것. 그게 이곳에서 취직하는 데 제일 유리하다고 들었다. 하지만 사실은 어땠을까. 나보다 성적이 좋지 않았던 아이가 일반고에 가고 대학을 나왔다. 대학에 가고 싶었던 건 아닌데도 거기에 내가 모르는 뭔가가 있었는지 모른다는 생각이 든다. 간 사람에게만 보이는, 뭔가 좋은 것이.

"라디오 켜도 돼?"

오쿠노 상이 물어서 현실로 돌아왔다.

"이 시간은 평소라면 대개 외근 나갔다가 돌아오는 때인데 FM에서 진행자가 굉장히 진지한 목소리로 터무니없는 록이나 펑크를 들려줘. 나름 코멘트도 열심이고. 목소리랑 음악이 너무 달라서 우스워. 분명 일부러 그러는 거겠지?"

그 말을 하면서 라디오를 켰는데 평소 프로그램과는 달랐던 것 같다. 록도 펑크도 아닌 음악이 흘러나왔다. 오쿠노 상은 신호 대기 시간에 주파수를 확인하더니,

"아, 오늘 토요일이었지."

웃으면서 전원 스위치에 손가락을 뻗었다.

"잠깐, 그냥 켜놔줘."

평소라면 듣지 않을 것 같은 곡. 하지만 궁금했다. 어디선가 들은 적이 있는 노래였다.

시간의 흐름에 생겨난 것이라면

혼자 남겨지지 않고 행복하게 될 것

모두 생명을 불태우는 것이다

별처럼 반딧불이처럼

들은 적이 있다. 언제 어디서 들었는지 떠오르지 않는다. 감미롭게 울리는 소프라노와 테너. 혼성합창곡.

빛의 소리가 하늘 높이 들린다
우리는 하나 모두 모두

"아!"
나도 모르게 탄성이 나왔다.
"왜? 무슨 일이야?"
이 노래, 전에 탈의실에서 도조가 들려준 노래다. 그때는 여자 목소리뿐이었는데, 남자 목소리도 들어가 있다. 편곡이 다른 걸까?
그녀의 눈물이 떠오른다. 그때 도조는 울고 있었다. 울 수 있다는 게 조금 부럽다. 도조는 분명 모를 것이다. 매일을 적당히 보내다 보면 우는 것조차 관례가 되어버린다. 순수하게 음악으로 울 수 있다는 건 그만큼 마음이 유연한 것이다.
라디오에서 합창곡이 이어진다.

빛의 소리가 하늘 높이 들린다

너도 별이다 모두 모두

갑자기 눈물이 맺혀서 당황했다. 왜 눈물이 나지? 슬픈 가사
도 아닌데, 슬픈 멜로디도 아닌데, 왜. 도조의 울던 얼굴이 떠올
라서였을까.

그러고 보니 그 애는 오늘 같은 휴일은 어떻게 보낼까. 휴일
에 만날 사람이 이 도시에 있을까. 이 곡을 듣고 이곳에 오기로
결심했다고 했다. 제대로 이야기를 들었으면 좋았다. 그런데 흐
지부지되었다. 그 아이는 분명 잘 해나갈 거라고 지켜보지 않고
지나쳐버렸다.

목이 아니, 가슴이 욱신거리며 아프다. 찰박거리며 물결친
다. 뭔가가 떠오르려고 한다. 언제였을까, 누구였을까, 아무도
나 같은 건 눈여겨보지 않고 지나가는데 누군가 나를 돌아보았
다. 돌아봐준 덕분에 나는 어떻게든 앞을 바라볼 수 있었던 게
아닐까?

"왜 그래?"

신호를 기다리며 오쿠노 상이 나를 바라본다.

"나오 짱, 안색이 안 좋아."

아니야, 하며 고개를 젓는 게 고작이었다.

언제였을까, 뭐였을까, 그리고 그건 누구였을까.

"역시 오늘은 뭔가 이상하네."

아니래도, 하며 다시 고개를 흔든다.

"그렇지 않아. 즐거웠는걸. 좀 피곤해서 그래."

가능한 한 명랑하게 대답하니 오쿠노 상은 더는 아무 말도 하지 않았다.

집 바로 앞에서 내려줘서 손을 흔들고 헤어졌다. 방향 지시등이 왼쪽으로 꺾어져 보이지 않을 때까지 지켜보았다. 오쿠노 상이 백미러에 비친 내 모습을 보고 있었는지 아닌지는 모른다.

혼자 방에서 인터넷으로 검색했다. 코스모스. 아까 라디오에서 그 합창곡 뒤에 진행자가 소개한 곡명은 〈코스모스〉였다. 애련한 가을 꽃 이름과 곡의 이미지가 이어지지 않았지만 분명 그렇게 말했다. 〈코스모스〉. 있다. 코스모스, 아키자쿠라(秋櫻), COSMOS. 어느 코스모스일까.

짐작 가는 곡을 몇 개 클릭하다가 드디어 찾았다. 코스모스. 〈COSMOS〉가 바른 제목 같다.

조용한 피아노 전주가 방에 흐르기 시작한다.

여름 초원에 은하는 높이 노래하네

가슴에 손을 얹고 바람을 느끼네

합창곡인데 첫머리에서는 다 같이 하나의 멜로디를 노래한다. 그 탓일까, 평소에 합창곡 같은 걸 듣는 일이 없는데도 깊이 빠져 들어간다.

너의 온기는 우주가 불타던 먼 시절의 흔적

너는 우주

정신을 차리고 보니 눈물을 흘리고 있었다. 생각이 났다. '너의 온기.' 뒤돌아보던 얼굴.

미치루다. 미치루 — 내 여동생.

나이차가 많이 나는 미치루가 선천적인 신체기능 이상으로 오래 살 수 없다는 건 알고 있었다. 봄에 태어나 결국 한 번도 병원을 나오지 못한 채 겨울에 떠나버렸다.

미치루는 같은 월령 아기보다 자라지 못했다. 인큐베이터 속에 줄곧 누워 있었고 감정을 표현하는 일도 거의 없었다. 그런데 어느 날 미치루가 웃었다. 충격이었다. 열 살이던 내 가슴에 날카로운 통증이 스쳐갔다. 가슴을 찌르는 슬픔에 쓰러질 것 같았다.

웃는 모습 같은 건 보고 싶지 않았다. 기쁨이나 즐거움을 느끼지 않기를 바랐다. 그러면 슬픔도 없을 테니까. 기쁨도 즐거움도 모르고 그래서 자신의 상황을 마음 아파하거나 슬퍼하는 일 없이, 미치루는 떠난다. 그렇게 생각하는 편이 마음의 평온을 유지할 수 있었다. 미치루의 웃는 얼굴은 평화로운 세계를 깨뜨린다.

하지만 그 아이가 웃었다. 가족 모두가 자신을 보러 온 걸 느꼈을까. 거의 보이지도 않는 눈을 뜨고 분명 웃었다.

사고가 난 건 병원에서 돌아오는 길이었다.

작은 추돌사고라고는 해도 너무나도 가볍게, 마치 없었던 일처럼 사고가 처리돼서 할 말을 잃었다. 엄마와 아빠 눈에 나는 보이지 않는 것 같았다. 아마 정말로 그랬을 것이다. 엄마와 아빠의 마음은 거기에 없었다. 동생이 웃었다. 그 사실에만 매달려 있었다.

미치루가 떠나고 난 후 아무도 미치루 얘기를 하지 않았다. 얘기할 수가 없었다. 태어나서부터 줄곧 병원에서 지낸 아이. 일어서지도, 말을 하지도 못했다. 부모님과 할아버지, 그리고

나. 가족 모두에게 미치루의 죽음은 조용히 쌓여서 자신도 모르는 사이에 우리는 그 무게 때문에 말할 수 없게 되었다.

머리가 욱신거리며 아픈 건 말할 수 없었던 미치루 때문일까? 사고와 함께 그 아이를 떠올리기 때문일까? 그 아이가 웃은 걸 기뻐할 수 없었기 때문일까? 아픈 아이에게만 마음을 뺏겨 아무도 나를 신경 쓰지 않았기 때문일까? 아니면 그 아이의 죽음을 제대로 슬퍼하지 않았기 때문일까?

모르겠다. 정말 모르겠다.

왜 오늘 밤에 이런 생각을 하는지도 모르겠다. 오쿠노 상 때문일까, 〈코스모스〉라는 노래 때문일까.

미치루 생각은 하지 않으려고, 떠올리지 않으려고 애써왔다. 견딜 수 없었기 때문이다. 동생이 태어나고 나서 나는 한 번도 아이처럼 군 적이 없었다. 떠났을 때보다, 떠난다는 걸 알게 되었을 때 세상이 캄캄해질 만큼 슬펐다.

— 하지만 슬픔이 모자랐는지도 모른다.

장례가 끝나고 아무도 웃지 않는 집에서 나는 무리해가며 웃었다. 이대로 아무도 웃지 않게 돼버릴까 두려웠다. 나오 짱이 있어서 다행이라고, 친척 아줌마에게 위로받는 아빠를 보고 점점 더 무리해서 웃었다. 그리고 혼자 이불 속에서 울었다. 울고,

또 울고, 정신을 차리니 미치루가 있었다. 그러니까 분명 꿈이다. 꿈속에서 미치루는 나를 돌아보고 웃고 있었다.

이상하게도 그 미소가 또렷하게 남았다. 병원에서 본 미소와는 달랐다. 현실이라면 그 아이는 나를 돌아볼 수 없다.

태어난 지 얼마 되지 않아 세상을 떠나야 하는 아기, 미치루에게 감정이 있다는 걸 받아들일 수 없었다. 너무나 안타까웠다. 미치루의 미소는 가슴을 도려내듯 아팠다. 그런데 왜 그 아이는 꿈속에서까지 웃고 있었을까?

바닥에 앉아 무릎을 껴안고 손등으로 눈물을 닦으며 유튜브로 〈코스모스〉를 반복해서 듣는다. 목이, 어깨가, 등이, 가슴이 욱신거리며 아파온다. 합창곡은 이토록 아름다운데.

시간의 흐름에 생겨난 것이라면
혼자 남겨지지 않고 행복하게 될 것

정말일까? 태어난 모든 것은 혼자 남겨지지 않고 행복하게 될 수 있을까?

휴대폰을 연다. 주소록에서 이름을 찾는다. 다, 치, 쓰, 데, 도, ─ 도조. 다행이다. 회사 연락망에 도조의 주소가 등록되어 있었다.

이 노래를 듣고 울었다는 도조와 간절히 얘기하고 싶어졌다. 그녀 얘기도 듣고 싶었고 내 얘기도 들어주기를 바랐다. 기억 밑바닥에 지금까지 잠들어 있던 내 얘기.

토요일 밤인데, 토요일 밤이기 때문일까, 도조는 집에 있었다. 바로 전화를 받았다.

"안녕하세요."

전화를 한 건 처음인데 별로 놀라는 기색이 없다. 평소의 귀염성 있는 목소리로 받아서 마음이 편해졌다.

"……혹시 시간 괜찮으면 얘기 좀 할 수 있을까 하고."

솔직하게 말했더니,

"무슨 일 있으세요?"

전화 저편에서 조금 당황하는 기색이 전해져 왔다. 당연하다. 일방적으로 전화를 건 탓이다. 도대체 내가 지금 무슨 짓을 한 거야, 그런 생각이 들지만 무슨 짓을 해버렸다 해도 꼭 도조와 이야기하고 싶었다.

"〈코스모스〉, 들었어."

아아 같기도, 예 같기도 한 애매한 대답이 들렸다.

"노래 때문에 정말 소중한 기억이 떠올랐어. 고마워."

"정말이요? 다행이네요."

"도조는 그 노래를 듣고 이곳에 오기로 결심했다고 했잖아. 그 얘기, 해주지 않을래?"

조금, 시간이 걸렸다.

"기억해주셔서 감사해요. 근데, 저, 그렇게 대단한 얘기도 아닌데, 어쩌죠?"

정말로 곤란해하는 아이 같은 목소리였다. 스무 살이란 젊구나, 하고 새삼 느꼈다. 내가 그 나이 때는 몰랐지만.

"내일 바빠? 차 한잔하면서 얘기하지 않을래?"

가능한 한 가벼운 느낌으로 불러낼 생각이다. 내가 스무 살 때, 스물여덟 살 선배가 어떻게 불러낸다고 해도 별로 가볍게 느껴지지는 않았던 걸 떠올리면서.

"전혀 바쁘지 않아요. 몇 잔이라도 마실 수 있어요."

장난을 치는 건지, 진지한 건지 알 수 없는 어조로 도조 상이 말했다.

익숙한 거리를 북쪽 방향으로 가다가 왼쪽으로, 육교를 건너 바로 근처. 신경 쓰지 않으면 지나쳐버릴 것 같은, 오래된 민가 느낌이 나는 가게. 그곳이 내가 제일 좋아하는 카페다.

휴일에 만난 도조는 더 가냘프고 앳되어 보였다. 하얀색 니트에 봉긋하게 들뜬 하늘색 스커트를 입고 있다.

"일요일에 누굴 만나는 건 오랜만이에요."

도조는 커피를 한 모금 마시고 생글생글 웃으며 말했다.

"그럼 일요일에는 보통 뭐하며 보내?"

별생각 없이 물었다.

"아무것도 안 해요. 가능하면 그냥 쉬려고 해요."

생글생글 웃으며, 뜻밖의 말을 한다. 성실한 이 아이가 말하니 그냥, 이라는 말도 의외로 신선하게 들린다. 그래서, 하고 그녀는 말을 이었다.

"그래서, 뭐였는데요?"

"뭐라니?"

"소중한 걸 떠올렸다고 했잖아요. 어떤 건데요?"

〈코스모스〉. 여동생의 웃음. 추돌사고. 목의 통증. 걱정 없어 보이는 스무 살 아이의 웃는 얼굴을 보니, 어디서부터 이야기해야 좋을지 알 수 없었다. 벌써 예전에 세상을 떠난 동생 얘기를 해서 이 아이의 소중한 일요일을 우울하게 만들고 싶지는 않다.

"응, 얼굴을 보고 있으니 왠지 내 얘기는 안 해도 될 거 같아."

솔직한 마음이었다.

그러자 도조는 웃으며 가방에서 아이팟을 꺼내 이어폰 한쪽을 내밀었다. 둘이서 하나씩 귀에 꽂는다. 음악이 흐르기 시작한다.

여름 초원에 은하는 높이 노래하네
가슴에 손을 얹고 바람을 느끼네

흘러나온 건 역시 그 곡이다. 아름다운 피아노 전주. 제창으로 시작되는 합창곡. 다만 라디오에서 들은 혼성합창이 아니라 좀 더 생기발랄한 여자 목소리만 들리는 합창이었다. 그때 탈의실 로커 앞에서 들려준 곡이다. 아주 잘 부르는 건 아니다. 다만 힘이 있고, 열정이 있고, 가슴 떨리게 하는 뭔가가 분명히 있었다.

시간의 흐름에 생겨난 것이라면
혼자 남겨지지 않고 행복하게 될 것

감고 있던 눈 속으로 미치루의 웃는 얼굴이 떠올랐다. 봉인해 온 그 웃음. 나도 모르게 이어폰을 뺐다.

"혼자 남겨지지 않고 행복하게 될 것이라는 말, 정말일까?"

바로 눈앞에서 아직 이어폰을 꽂고 있는 도조에게 묻는다.

"그런 일은 없겠지?"

다시 물었다. 사실은 묻지 않아도 알고 있다. 모두가 행복해질 수 없다는 건 어릴 때부터 알고 있다. 미치루가 가르쳐주었다.

도조는 가만히 노래를 껐다. 망설이다가, 미치루 이야기를 시작했다. 아주 간단히, 하지만, 웃었다는 것은 빼지 않고. 인큐베이터 속에서 그 아이가 웃은 것, 꿈속에서 웃고 있던 것. 그 웃는 얼굴을 떠올리면 혼란스러워지는 것. 그 얘기를 하는 데 3분도 걸리지 않는다. 말해버리면 고작 3분인 이야기에 내 인생은 지금껏 끌려다녔다.

"웃었을 때."

내 얘기가 끝나기를 기다렸다가, 도조가 나지막이 말했다.

"미치루 짱은 행복했을 거예요."

나는 고개를 가로저었다. 행복했을 리가 없다.

"적어도 행복했다고 생각해주기를 바랐을 거예요."

도조는 표현을 바꾸어 다시 말했지만 의미를 알 수 없었다.

"미치루가? 미치루가 우리에게 행복했다고 전하고 싶었다고?"

도조가 고개를 끄덕인다.

"길고 짧고에는 차이가 있지만 나머진 우리도 별반 다르지 않잖아요?"

"뭐가?"

"우리도 언젠가는 고통스러운 생각을 하며 떠나지 않을까요?"

너무나도 차분하게 말해서 놀랐다. 조금 불쾌하기도 했다.

"죽는 건 같지만 고통스럽다고는 할 수 없잖아. 즐거운 일도 얼마든지 있을 테니까."

"그렇다면 미치루 짱도 고통스러웠다고는 할 수 없어요. 엄마와 아빠, 언니에게 둘러싸여서 사랑받으며 떠날 수 있다는 건 말이에요. 미치루 짱은 결코 불행하지 않았을 거라고 생각해요."

이번에는 내가 침묵했다. 정말 그럴까? 미치루는 불행하지 않았을까?

"그래서 미치루 짱은 웃었을 거예요. 언니의 꿈에까지 안간힘을 쓰고 나와서 온 힘을 다해 웃었던 거라고 생각해요?"

어쩐지, 하고 나는 마음속으로 말했다.

어쩐지, 과거를 다시 쓰고 있는 것 같다. 그때 미치루는 웃어 주었다. 우리를 구원하려고. 그런 생각이 들기 시작한다. 빛이 느껴진다. 하지만 이제 과거를 지우고, 새롭게 살아가려는 것 같아서 아리고 묵직한 아픔도 느껴진다.

"기억에 흠집을 내는 것 같아서 미치루에게 미안한 마음이 들어."

아이 같은 생각이라고 스스로도 인정한다. 미치루가 행복했다고 하면, 두렵다. 미치루가 떠난 후 숨을 죽이며 살아온 우리가 부정되는 것 같아서.

"흠집을 내는 게 아니에요. 현실이 너무 슬퍼서 으스러질 것 같아서 제대로 인식하지 못한 시간을, 지금 새롭게 다시 보는 것뿐이에요. 죄의식을 가질 일이 아니에요. 미치루 짱에게도, 자신에게도."

어른스러운 말투에 정신이 번쩍 들었다. 슈크림. 이 아이를 처음 봤을 때 슈크림 같다고 생각했다. 말랑말랑하고 달콤하고 귀여운. 하지만 속에 들어 있던 건 크림만이 아니었다.

미치루가 살아 있으면, 하고 생각한 적은 없었다. 없는 걸 달라고 하는 억지다. 없는 걸 원해도 받을 수 없음을 알기 때문에 합리화할 구실을 찾았다. 미치루가 살아 있으면, 하고 바라는 게 너무 괴로우니까 목에 통증만 없으면, 하고 스스로를 속였다. 정말로 아픈 건 목이 아닌데. 어느새 주어(主語)까지 바뀌어버렸는지도 모른다. 미치루가 행복했는지 아닌지보다 나 자신이 행복한지 아닌지가 중요하지 않을까. 미치루는 자신은 행복했다고 온 힘을 다해 전해주려고 했으니까.

바람이 불어온 듯한 느낌이 들었다. 〈코스모스〉 가사에 있는 '가슴에 손을 얹고 바람을 느끼네'의 '바람'은 지금 내 앞에 있는 도조였는지도 모른다.

"도조 얘기도 해줘."

"제 얘기는, 대단한 거 없어요."

도조는 어젯밤과 같은 말을 되풀이했다. 그리고 한동안 말이 없다. 가게 직원이 유리잔에 다시 물을 채워주고 우리는 말없이 차가운 물을 마셨다.

"너도 별이야."

"예?"

도조가 되묻더니 부끄러운 듯 시선을 아래로 향했다.

"너도 별이다, 라는 구절이 있잖아."

"아, 〈코스모스〉에."

좀 전에 들었던 노래가 귓가에 되살아난다.

빛의 소리가 하늘 높이 들린다
너도 별이다 모두 모두

"여기저기에 흩어져 있던 나의 조각들이 이 노래로 인해 하나로 모아진 느낌이 들었어요."

흩어져 있던 조각들. 어느 순간 그것이 퍼즐처럼 딱 맞춰지는 순간이 온다.

노래가 이끌어준다. 멜로디와 가사, 거기에 리듬과 울림. 그런 것이 매개가 되어 뜻하지 않은 기억이 되살아나는 일이 내게도 자주 있었다.

너도 별이다

노래니까, 와 닿았다. 이 노래가 가진 강한 힘으로 내 속 어딘가를 두드렸다. 고막을 진동시키고 반고리관을 뱅글뱅글 거슬러 올라온 건 합창곡이라기보다 코스모스, 하나의 우주였다는 생각이 든다.

"그 노래, 여고 3학년 때 합창대회에서 불렀어요."

"그럼 혹시."

아이팟에 들어 있던 건 그때 녹음한 걸까?

"노래 안에 도조 목소리도 섞여 있겠네."

합창대회라니, 그리운 단어다. 별로 진지하게 노래한 기억은 없다. 중학교 때인지 고등학교 때인지, 이제 잘 기억나지도 않을 정도다. 다만 합창대회 하면 떠오르는, 귀찮기도 하고 멋쩍기도 한 쑥스러운 느낌은 그리워진다.

"전 계속 착한 아이였어요."

도조는 담담하게 미소 지으며 말했다.

"착한 아이로 살아야 한다고 생각했어요. 착한 아이여야 행복하게 지낼 수 있다고, 20년간 계속 생각했어요."

착한 아이라는 건 이 아이의 큰 장점이다. 사무실에서 일하는 모습을 봐도 알 수 있다. 제대로 가정교육을 받으며 귀하게 잘 자란 사람이라는 인상을 준다.

하지만 그게 괴로울 때도 있겠지. 착한 아이가 아니면 행복해지지 않는다는 건 강박관념과 비슷하다.

"너도 별이다, 라는 부분을 부를 때 두근거렸어요. 한 사람 한 사람이 별이다. 그건 굉장한 일 아닌가요?"

응, 고개를 끄덕였다.

"저, 입양아예요."

표정도 바꾸지 않고 도조가 말했다. 너무나 아무렇지 않게 말해서 뭐라고 대답해야 좋을지 모르겠다. 가만히 고개를 끄덕일 수밖에 없었다.

"미혼모였던 엄마는 어린 저를 두고 떠나버렸대요. 저는 아동보호시설에 맡겨졌다가 그 후 지금 부모님이 거두어주셨어요."

가능한 한 침착하게 이야기를 듣자. 어떤 이야기든 받아들이자. 같은 노래를 듣고, 우리의 시계가 움직이기 시작했으니까.

그렇게 생각했지만 얼굴이 굳어져 있었던 것 같다.

"시미즈 상은 좋은 사람이군요."

오히려 동정하는 듯한 눈길로 도조가 나를 본다.

"하지만 괜찮아요. 힘들다는 이야기가 아녜요. 나를 길러준 부모님은 정말 좋은 분들이고……."

거기서 다부지게 말을 끊었다.

"좋은 분들, 이라니 지금, 제가 말해놓고도 깜짝 놀랐어요."

"왜?"

반사적으로 물어버렸다. 사실은 좋은 분들이 아니었는지도 모르는데. 그걸 이 아이 입으로 말하게 하고 싶지는 않은데.

"아니에요."

도조는 내 마음을 읽은 것처럼 천천히 고개를 옆으로 흔든다.

"정말로 좋은 분들이에요. 아, 보세요, 역시, 놀랄 지경이네요. 친부모님 이상으로 잘 해주고 소중히 키워주셨는데. 그런데도 좋은 분들이라느니 선을 그어 말하는 저에게 놀랐어요."

그 말을 하자마자 어느새 눈물이 고였다.

"잠깐, 아야, 울지 마."

어린아이처럼 눈물을 뚝뚝 흘려서 서둘러 손수건을 꺼냈다.

"친부모라면 아무렇지 않게 말할 테니까요. 그분들, 이라 하기도 하고, 좋은 분들, 이라 하기도 하고."

그렇다, 그분들 ─ 우리 부모님도 좋은 사람들이었다. 나는 착한 아이로 있을 필요가 없었다. 미치루가 떠난 후 혼자 남겨진 내가 좀 더 착한 아이가 되려고 노력한 건 이상할 게 없었다. 하지만 내가 목 통증을 핑계로 내 일에만 매달려 있을 수 있는 건 가족이 좋은 사람들이기 때문은 아닐까?

도조는 친부모의 자식처럼 행동해야 한다는 생각 때문에 부모와의 거리감을 알 수 없게 된 건지도 모른다. 좋은 분들, 이라고 불러도 별문제 없는데도.

"죄송해요. 이야기가 빗나갔네요."

부드럽게 웃으며 식어버린 잔에 손을 뻗는다.

"대학 1학년 여름방학 때 처음으로 혼자 여행을 했어요. 도쿄에서 교토로, 교토에서 가나자와로 갈 생각이었어요. 근데 특급 열차를 타고 창밖 풍경을 바라보다가 갑자기 마음이 바뀌었어요. 창밖의 뭔가가 나를 부르는 것 같았어요. 아직 가나자와까지 한 시간이나 남았는데, 허둥지둥 다음 역에서 내렸어요."

"그 역이 바로."

"예, 여기였어요."

그 정도로 매력적인 풍경이었을까. 도대체 뭐가 이 아이를 불러 세운 걸까.

"하룻밤을 묵었을 뿐인데 왠지 고향에 돌아온 듯한 기분이 들었어요."

고향 풍경을 본 듯한 기분이 들었는지도 모른다. 그리고 어쩌면, 시설에 맡겨지기 전에 이 도시에서 살았을지도 모를 일이다. 도조 본인이 기억할지 어떨지 확실하지 않지만.

"하지만 도쿄에 돌아가서 부모님 얼굴을 보니 그런 말은 차마 할 수 없더군요. 여행 일정을 바꾸면서까지 모르는 도시에서 머문 건 말하지 않고 또 원래 생활로 돌아갔지요."

"왜 다시 여기로 오려고 결정한 거야?"

이상해서 물었다. 이야기가 어디에서 어떻게 이어지는지 아직 잘 모르겠다.

"그 〈코스모스〉를 들었기 때문이에요."

"하지만 그전에 합창대회에서도 불렀잖아."

"예, 여러 번 불렀지요. 우리가 너도 별이다, 하고 말을 거는 쪽이었지요."

아, 그렇군, 그런 뜻인가.

"가사의 의미를 제대로 이해했다고 생각했어요. 하지만 상당한 시간이 지난 후 복사한 CD를 들었을 때 그제야 진심으로 이해했어요. 너도 별이다, 라고 내게 말해줬어요. 그것도 소중한 친구들이 말이에요."

"소중한 친구들?"

궁금해져서 다시 물었다.

"고등학교 때 친구들은 소중한 친구들이에요. 이 노래도 그 아이들과 노래했기 때문에 와 닿았다고 생각해요."

도조는 부끄러운지 살짝 뺨을 붉혔지만 즐거운 듯 말했다.

"같은 반에 천재적인 지휘자가 있었어요."

"남자아이?"

"아뇨, 여자예요. 원래는 노래하는 아이예요. 멋진 가수. 하지만 지휘도 굉장히 잘해요. 그 애가 있었기 때문에 우리의 〈코스모스〉는 완성된 거라고 생각해요."

우리의 〈코스모스〉 — 분명히, 우리의, 라고 할 만한 가치가 있다.

"그리고 이것도 나중에 알게 된 건데요."

도조는 작은 목소리로 말을 이어갔다.

"우리 반 반장이 히카리('빛'이라는 의미다-옮긴이)라는 이름이었어요. 그래서 있잖아요, '빛의 소리가 하늘 높이 들린다'라는 부분. 아, 정말이네, 히카리 소리가 들려, 들려, 하고 생각한 순간 이어지는 가사가 '너도 별이다'예요. 그래서 가슴에 사르르 들어왔어요."

좋은 지휘자가 있고, 좋은 반장이 있고, 좋은 친구들이 있다. 하지만 그뿐만이 아니다. 그 〈코스모스〉에는 도조 자신의 목소리가, 외침이, 생각이 가득 차 있기 때문에 가슴에 날아들었던 게 틀림없다.

"별이라면 괜찮을까. 그렇게 생각했어요. 별이라면 좀 더 자유롭게 살아도 좋지 않을까. 핏줄이 아닌 나를 길러서 대학까지 보내준 부모님을 떠나 집을 나오다니 있을 수 없다고 생각했지만 별이라면 괜찮지 않을까, 하고."

지금 맞은편 자리에 앉아 있는 도조는 밝고 후련해진 얼굴이다. 하지만 얼마만큼의 눈물과 갈등이 있었을까. 분명 망설이고 망설인 끝에 얻은 결론일 것이다. 별이라면, 괜찮지 않을까. 힘들었겠지만 그렇게 생각하고 결단을 내렸음에 틀림없다.

언젠가, 다른 누구도 아닌 자신이 스스로 살아가는 가치를 알게 된다. 그 계기가 〈코스모스〉였을 것이다. 그것만 없었더라면, 이것만 있었더라면 하고 아쉬워하는 게 아니라 있는 그대로를 발판 삼아 가능한 한 유연하게 도약한다. 나도 그랬으면 좋겠다.

"과거의 자신에게서 미래의 자신에게 메시지가 와 닿다니, 멋져."

그 말에 도조는 부끄러운 듯이 웃었다.

너도 별이다

어쩌면. 어쩌면 나도 별일까. 나도 우주일까. 그래서 먼 누군가와도, 물론 여기에 있는 도조와도, 어딘가에서 이어져 있을까.

"왜 그러세요?"

묻는 소리에 정신을 차렸다. 나도 모르게 웃고 있었던 것 같다.

"아니, 아무것도 아냐. 그냥, 기분이 좋아졌어."

도조는 이상하다는 표정으로 나를 봤다.

"아야, 저기 말이야."

유리잔의 물을 다 마시고 나서 말했다.

"이왕에 여기 왔으니까, 괜찮다면 이제부터 이 지역의 좋은 곳을 조금씩 안내하고 싶은데 어때?"

"정말 감사하죠."

도조는 웃으며 테이블 너머 내 쪽으로 몸을 내밀고 작은 소리로 말했다.

"가능하면 아야가 좋아요."

"응?"

"좀 전에 아야라고 불렀잖아요."

"아, 응."

경솔했다. 마음은 단번에 가까워졌지만 당분간 '도조'라 부를 셈이었다.

"안 불렀는데?"

"불렀어요."

"안 불렀다니까."

마지막엔 둘 다 웃었다.

밤에 오쿠노 상과 만났다.
많은 이야기를 하고 싶었다.

　　너도 별이다

그 말을 전하고 싶었다. 말로 할 용기는 없었지만 오쿠노 상이 언제나 내 가슴에서 반짝이는 별이라는 걸 제대로 전할 수 있으면 좋겠다고 생각했다.

조용한 음악이 흐르는 바에서 오쿠노 상에게 아야 이야기를 꺼냈다. 그때부터 둘이서 갔던 유명한 곳에 대한 얘기, 영주의 별장이었다는 저택 평상에 앉아 반짝반짝 빛나는 연못을 바라보면서 소소하게 수다를 떨던 얘기 같은 걸 해주었다.

오쿠노 상은 가끔 맞장구를 치면서 조용히 들어주었다.

그러고 보니 오쿠노 상도 이곳을 잘 모를 것이다. 여기로 전근 온 지 2년이 되지만 바빠서 아무 데도 못 갔을 것이다. 다음번에는 내가 계획을 짜서 가자고 해볼까?

"다음번엔 여기 좋은 곳 안내해줄게."

아야에게 한 말과 같은 말을 해본다.

"정말? 그거 기대되는걸."

활짝 웃는 오쿠노 상을 보는 것만으로 벌써 기대감에 빠진다. 이 사람과 이 도시를 걷고 싶다. 이 사람에게는 어떤 노래가 흐르고 있을까, 어떤 이야기가 있을까, 조금씩 듣고 싶다.

유리잔 속의 얼음을 보고 있으니 문득 〈코스모스〉 노래가 귓가에 맴돌았다.

그렇다, 내가 제일 마음이 끌린 건 너도 별이다, 라는 대목이 아니었다.

혼자 남겨지지 않고 행복하게 될 것

그때 눈물이 흐른 건 행복해야 하는데 행복해지지 못했던 미치루가 떠올랐기 때문이었다.

"있잖아, 오쿠노 상."

잠시 말을 골랐다.

"누구라도 행복해질 수 있을까?"

역시 오쿠노 상은 고개를 갸웃거렸다.

"어려운 질문이네."

그건 그렇다. 갑자기 그런 걸 물으면 대답하기 곤란한 건 당연하다.

"그럼 질문을 바꿀게. 우리 한 사람 한 사람은, 태어난 의미가 있을까?"

내가 생각해도 유치한 중학생 같다. 태어나도 행복해질 수 없다면 태어난 의미가 있을까, 그날부터 줄곧 생각해온 것 같다. 우리에게는 한 사람 한 사람 살아가는 의미가 있다. 그렇게 생각하고 싶지만 솔직히 믿을 수 없었다.

심각한 표정을 짓던 오쿠노 상이 입가에 부드럽게 미소를 짓는다.

"태어난 의미 같은 건, 없어. 난 그렇게 생각해."

뜻밖의 말이었다.

"그럼 살아가는 게 허무하잖아."

그렇게 되묻는 게 고작이었다.

"정말 그럴까? 우리는 의미 없이 태어난 거라고 생각해. 의미도 없이 애쓰다가 의미 없이 죽어가는 거야."

나는 몇 번이나 눈을 깜빡이며 눈앞에 있는 사람을 가만히 바라보았다. 오쿠노 상의 얼굴을 하고 오쿠노 상의 목소리를 한, 다른 사람이 뭔가 이해할 수 없는 얘기를 하고 있다. 의미 없이 태어나서 죽어가는 우리. 그건 어쩌면 사실일지도 모른다. 하지만 사실이 아닐지도 모른다. 나와 오쿠노 상이 만나서 가끔 둘이서 보내는 이런 소중한 시간이 아무런 의미도 없다고 생각하는 건 쓸쓸하다. 너무 쓸쓸하다.

"그래서 좋은 거야."

차가운 사케를 한 모금 마신 오쿠노 상은 여전히 웃는 얼굴이었다.

"뭐가 좋은데?"

"좋을 대로 살아가면 되는 것. 누군가를 위해서, 뭔가를 위해서, 라고 생각하지 않아도 어차피 원래 의미 같은 건 없어. 자신이 좋아하는 대로 살아가면 된다고 난 생각해."

의외였다. 그렇게 생각할 수도 있구나.

"그러니까, 다시 말해서."

나는 머릿속으로 오쿠노 상의 말을 되새긴다.

"태어난 의미는 자신이 원하는 대로 만들면 된다는 거야?"

"맞아, 의미 같은 건 나중에 만들면 되는 거야."

　　빛의 소리가 하늘 높이 들린다

"어이, 나오 짱, 왜 그래?"

오쿠노 상이 당황한다. 갑자기 내가 작은 소리로 노래했기 때문이다.

너도 별이다 모두 모두

사실은 오쿠노 상도 별이라는 걸 지금부터 천천히 행동으로 전할 생각이었다. 하지만 노래가 먼저 나와버렸다.

"잠깐만, 나오 짱. 혹시 취한 거야?"

"응, 취했어. 하지만 너도 별이다, 라는 구절, 부르고 싶었어. 알겠어?"

"알았어, 알았어."

오쿠노 상이 팔을 뻗어 달래듯이 등을 톡톡 두드린다.

어떻게든 우리가 행복해질 수 있으면 좋겠다. 조금씩이라도, 잘되지 않아도, 행복에 가까이 가면 좋겠다. 의미 같은 건 나중에 따라온다.

"있잖아, 우린 모두 별이야."

"알지, 알아."

난처한 표정으로 웃으며 오쿠노 상이 고개를 끄덕인다.

우리는 우주의 흔적이다. 먼 어딘가에서, 숨결이 느껴질 만큼 가까이에서, 분명 서로 울려 퍼질 것이다.

5장

Joy to the World

너무 잘 자랐어, 하는 말을 듣고 무심코 되물었다.

짧은 말속에 뭔가 불순한 감정이 섞인 듯한 기분이 들었다. 불순한, 혹은 불길한 뭔가.

"무슨 말씀이세요?"

책상 위에 놓인 서류를 훑어보던 니시나 상은 그 큰 눈으로 다시 나를 보았다.

레슨이 끝난 후 사무실로 불려갔다. 어제 본 오디션 결과가 나와 있었다.

나나오로 결정됐어, 그녀는 말했다.

"예, 그래요?"

그때 내가 어떤 얼굴을 했는지는 모른다. 다만 반사적으로 웃는 표정을 지었던지, 적어도 웃는 표정을 지으려고 했을 것이다. 내가 선택되지 못한 건 이 사람 탓이 아니다. 여기서 화를 내거나 울어서는 안 된다. 웃는 얼굴까지는 아니더라도 일단 알려 준 데 대해 감사 인사는 해야 한다.

"감사합니다."

고개 숙여 인사하고 그대로 나오려는데 니시나 상이 말했다.

"치나츠, 넌 너무 잘 자랐어."

의미를 알 수 없었다. 핵심을 벗어난 뜬금없는 말처럼 느껴졌다.

"무슨 말씀이세요?"

내가 잘못 들은 게 아닐까?

하지만 니시나 상 — 극단의 제작자이며 극단 대표의 부인이자 얼마 전까지 간판 여배우였던 사람 — 은 분명하게 반복했다.

"네 약점은 잘 자란 거야. 잘 자랐으니까 천진난만하지. 그늘이 느껴지지 않아."

외부 무대의 오디션을 봤다. 우리 극단 공연은 1년에 두세 번,

많아도 네 번 정도다. 그 공연과 겹치지 않으면 외부 무대에 올라도 된다. 극단을 통해 소개받거나 추천받는 일도 있다.

어제 오디션은 최근 1~2년 사이에 갑자기 각광을 받기 시작한 젊은 연출가의 신작이었다. 주연과 얽히는 상당히 큰 배역으로 극단에서 추천받은 오디션이었다. 하야세 나나오와 나, 다른 극단에서도 몇 명이 같이 봤는데 이번에는 붙을지도 모르겠다고 은근히 기대하고 있었다. 파격적인 중학교 교사 역이었다. 나나오는 전형적인 미인으로 우리 극단 젊은 배우들 중에서는 톱일 것이다. 일을 병행하면서 연습하러 나오는 단원이 대다수인데 나나오는 현역 여대생이기도 하다. 상당한 상위권 대학에 다니면서도 연습에 빠진 적은 한 번도 없었다. 어릴 때부터 발레와 성악을 배웠다고 하는데 연기력도 좋다. 어떤 역할이라도 소화해내고 좋든 나쁘든 빈틈이 없다. 하지만, 파격적인, 이라는 형용사에 나는 희망을 걸었다.

나나오로 결정됐어.

너무 잘 자랐어.

사실, 무엇 때문에 내가 떨어졌는지 모른다. 잘 자란 건 나나오다. 그런 생각을 하는 것조차 고통스러웠다.

"어쨌든 넌 껍질을 부숴야 해. 앞으로도 줄곧 그 잘 자랐다는 게 네 발목을 잡을 거야."

웃으려 했지만 웃을 수 없었다. 뺨 근육이 경련을 일으켰을 뿐이었다.

잘 자란 거 아닌데요, 그렇게 말하면 분명해질까? 가창력도 춤도 자신이 없으니까 예의 바르게 행동하게 된다. 껍질을 깨지 않는 게 아니라 깨지 못하는 것이다. 잘 자란 것과는 관계없다고 말하고 싶다. 하지만 관계없을 리 없다.

우리 집은 작은 우동가게를 한다. 경제적으로 어려웠다. 초등학교에 다닐 때 급식비가 면제됐던 시기도 있다. 결코 부끄러운 일이 아니라고 스스로에게 다짐했지만 자랑할 일도 아니었다. 친구들이 알게 될까봐 언제나 조마조마했다.

그런 형편에 뭘 배우러 다닐 여유 같은 건 없었다. 노래도, 춤도, 연극도, 어릴 때부터 배워온 사람들과는 다르다. 난 접해본 적도 없었던 것이다. 그걸 핑계 삼고 싶진 않다. 가정환경이 좋은 아이들을 동경하면서도 결코 입 밖에 내지 않았는데 하필이면 지금 와서 이런 얘기가 나오다니.

"원하는 게 있을 때 욕심내어 손을 뻗지 않으면 영원히 2등이야."

창문을 등지고 선 니시나 상이 나를 바라보자 나는 허망한 마음에 시선을 피한다. 이 사람은 이해하지 못한다. 손을 뻗으면 닿을 수 있는 곳이 아니다. 이렇게 손을 뻗고 있는 사람에게 그런 말을 하는 건 무신경하고 아무 의미가 없다.

대답할 수가 없었다. 말없이 인사를 하고 그 자리를 떠났다.

잘 자랐다는 게 부유하게 자랐다는 것과 같은 말이 아니란 건 분명히 안다. 돈이 없어도 애정을 듬뿍 받고 자랐다면 그건 어떤 의미에서 잘 자랐다고 할 수 있다. 하지만 분명 그런 말이 아니다. 니시나 상이 지적하는 건, 나에게 헝그리 정신이 보이지 않는다, 즉 악착같은 데가 없다는 것이다.

낙담보다는 분노가, 분노보다 당황이, 당황보다는 다시 낙담이 몰려온다. 다리가 휘청거린다.

사무실 건물을 나와서 오가는 사람들이 드문 길을 걸어 역으로 향한다. 이 시간이면 지나가는 차도 많지 않다. 어두워서 다행이다. 사람도 차도 별로 없어서 다행이다. 걸으면서 다행이다, 하고 소리 내어 말해본다. 어쩌면, 잘된 일이다. 합격하지 못했다는 건 합격하지 못하는 게 더 좋다는 것이다. 핑계도 안 되는 걸로 스스로를 달래본다. 다리가 무겁다. 역까지 가는 길이, 무척 멀다.

니시나 상은 사람 보는 눈이 없는 걸까? 아니면 내가 정말로 잘 자란 것처럼 보이는 걸까? 어두운 길을 걸어가는데 갑자기 속이 울렁거린다. 보는 눈이 없다는 둥 남의 탓으로 돌리는 건 쉽다. 그 연출가에게 보는 눈이 없으니까. 아무도 나의 장점을 몰라주니까. 하지만 남 탓으로 하려니 속이 울렁거린다. 나는 평생 이 모양일까? 이대로 버티고 있기도 힘들어져서 주르르 밀려 떨어지는 게 아닐까?

구역질을 참으며 지하철을 탔다. 환승역에서 내렸는데 더는 움직일 수가 없었다. 속은 울렁거리는데다가 다리도 무겁고 현기증이 났다. 어금니에서 소리가 난다. 나도 모르게 이를 악물고 있었던 것 같다.

오디션에 떨어지는 건 흔한 일이다. 그때마다 좌절한다면 이가 아무리 많아도 부족하다. 또 어금니를 세게 물었다. 발을 앞으로 내딛기도 힘들다.

숨이 가빠 천천히 숨을 내쉬고 들이마신다. 빠른 걸음으로 지나가는 사람들과 부딪칠 뻔하면서 간신히 승강장 가장자리에 있는 벤치로 간다. 천천히 숨을 내쉬고 들이킨다. 뭔가 즐거운 일을, 기운이 날 일을 필사적으로 생각해봐도 머릿속이 헛바퀴를 돈다.

아무것도 떠오르지 않았다. 가고 싶은 곳도 없고, 만나고 싶은 사람도 없다. 먹고 싶은 것도 없고, 보고 싶은 것도 없다. 벤치 깊숙이 앉아서 실눈을 뜨고 오가는 사람들을 바라본다. 사람들의 파도에 취해버릴 것 같았다.

이대로 어딘가로 가버리고 싶다. 그런 생각을 했지만 어딘가 같은 건 없다. 어딘가라는 곳에는 모두 저마다 이름이 붙어 있어서 나를 기다리는 어딘가, 나를 받아주는 어딘가 같은 데는, 아무리 찾아도 없다.

많은 사람이 벤치 앞을 지나간다. 이렇게도 많은 사람에게 갈 곳이 있다는 사실에 가벼운 충격을 느낀다. 모두 제대로 해내고 있다. 내가 막연히 생각하던 것보다도 더 제대로 해내고 있다. 나만 남겨진다, 라는 생각에 빠져들 것 같았지만 그래도 괜찮다고 생각했다. 모두가 제대로 해내고 있다면 나 한 명 정도는 벤치에서 쉬어도 괜찮을 것이다. 모두 집으로 가. 가야 할 곳으로 가라고. 나는 여기서 조금 쉬었다 갈 테니까.

아파트로 돌아갈 마음이 들지 않았다. 오늘 아침에 힘차게 현관을 나올 때의 그 마음이 남아 있을 것 같다. 약간의 두려움과, 상당한 기대와, 그래도 역시 불안과, 말할 수도 없는 긴장. 그런 걸 가슴에 담고 현관문을 닫았던, 그때 억지로 밀어 넣었지만 가슴에서 넘쳐흐른 잔해가 아직 현관 근처를 서성이고 있을 것 같았다. 도저히 그런 곳으로 돌아갈 용기가 없다.

왜 그런지 몹시 피곤하다. 피곤하다느니, 하는 말을 떠올리는 건 나에게는 드문 일이다. 피곤하다는 말을 하지 않는 게 아니라 별로 피로를 느끼지 않는 체질이다. 하지만 오늘은 정말이지 피곤하다.

벤치에 앉은 채 눈을 감는다. 그 순간 승강장의 혼잡스러움이 멀어진다. 내가 어디에 있는지 모르겠다. 어디에 있고, 무엇을 하려는 걸까, 이제부터 무엇을 해야 할까, 짐작도 가지 않는다.

어차피 아무것도 할 수 없다.

생각지도 않은 소리가 머릿속에서 울린다. 어차피 아무것도 할 수 없다. 뭔가를 하려고 한 건 언제였을까. 오늘 아침? 오늘 아침은 평소처럼 아르바이트 하러 나가서 저녁에는 발성 레슨을 받으러 갔다가 사무실에 들르려고 했었다. 평화로웠다. 오디션 결과는 신경이 쓰였지만 붙고 떨어지는 걸로 일희일비하지 말자고 생각했다. 특별히 뭔가를 하겠다는 생각은 없었다.

그럼 언제일까. 뭔가를 하자, 뭔가를 하고 싶다, 하고 강하게 원했던 때는. 먼 기억이 되살아나려고 했을 때 귓가에서 누군가 말을 걸었다.

"괜찮으세요?"

나에게 하는 말이란 걸 깨닫기까지 시간이 걸렸다. 눈을 뜨니 조금 떨어진 곳에서 샐러리맨 같은 남자가 걱정스러운 듯이 나를 보고 있다.

"죄송해요. 아무 일도 아니에요."

당황해서 인사를 했다. 몸이 안 좋아서 벤치에 축 늘어져 있는 것처럼 보인 듯했다. 그렇게 얼굴색이 나쁜 걸까. 그렇지 않으면 괴로운 표정이었을까. 남자는 걱정이 되는 듯 한동안 내쪽을 바라봤지만 머지않아 인파에 섞여 사라졌다. 30대 후반, 아니, 아직 중반일까. 머리는 새까맣지만 이마가 벗겨졌다. 슈트는 지극히 평범한 회색이고 안에 입은 셔츠도 연한 회색이었다. 넥타이만 갈색 계통인데 슈트와 별로 어울리지 않았다. 넥타이는 분명 누군가에게 받은 선물이 아닐까. 부인이나 애인, 혹은 ─.

어느 틈엔가 좀 전 사람에 대해 상상하고 있다. 아무것에도 흥미가 느껴지지 않는 기분이었는데 그 사람이 어떤 사람이고, 지금 어디에 가는 길이고, 어떤 상황에서 나를 걱정해준 건지 생각하고 있다.

정말이지 어처구니없다. 정신을 차리니 배역 연구를 하고 있다. 연기 공부를 시작하고 나서 사람을 관찰하고 그 사람의 동작이나 행동을 상상하는 습관이 붙어버렸다. 그보다는 차라리 제대로 인사를 했으면 좋았을 것이다. 벌써 밤 10시 반을 지나고 있다. 승강장 벤치에서 계속 눈을 감고 앉아 있는 건 분명 의심을 산다. 여기에서 뭘 하고 있는 건지, 몸이 안 좋은 건지, 전철을 타는 건지 안 타는 건지, 모르는 사람이라도 신경 쓸 거다.

"그럼."

작은 소리로 말해본다. 그럼, 이제부터 어쩌지.

여전히 아무 생각도 떠오르지 않았지만 이대로 계속 여기 있을 수도 없다. 가방 주머니에서 워크맨을 꺼내 이어폰을 귀에 꽂는다. 천 곡 가까이 든 곡 중에서 무작위로 켜서 내가 자신 있어 하는 곡이 나오면 용기를 내 아파트로 돌아가자. 내가 못 부르는 노래가 걸리면 다른 용기를 끌어내 본가로 가자. 그곳에서 조금 쉬고 다시 힘을 내자. 그렇게 결심하고 재생 버튼을 누른다.

벤치에서 일어나자 동시에 경쾌한 전주가 흘러나온다. 파워풀한 가성이 밀려든다.

Jeremiah was a bullfrog(예레미야는 황소개구리였죠)

Was a good friend of mine(나의 좋은 친구였어요)

하필이면 이 노래. 각오를 단단히 하고 승강장 옆에 있는 계단으로 걷기 시작했다.

이렇게 마음이 약해졌을 때는 어떤 노래가 나와도 못 부른다고 생각할지 모른다. 하지만 이 노래는 좀 특별하다. 기운차고 자신감이 넘치는 낮이라도, 인정할 수밖에 없다. 나는 이 노래를 부를 수 없다.

스리 도그 나이트의 〈Joy to the World〉. 우리말 제목은 〈환희의 세상〉. 그때, 들은 노래다. 내가 걸어갈 길을 바꾼 노래. 지금도 귀에서, 온몸에서, 생생하게 되살아나는 그때의 전율. 무대는 눈부시게 빛나고 관객들이 모두 일어났지만 난 자리에서 꼼짝하지 못했다. 눈물이 주르르 흘러내리고, 아무 생각이 나지 않을 만큼 황홀하고, 힘이 빠져서. 그런 경험은 이전에도, 이후에도 그때뿐이었다. 그 한 번이 내 진로를 바꿨다.

하지만 오늘은 부를 수 없는 노래는 듣고 싶지 않았다. 워크맨을 끄고 사람들 물결에 섞여 계단을 내려갔다.

본가에 도착했을 때는 밤 12시가 가까웠다. 부모님은 일찍 주무신다. 같이 살고 있을 때는 남동생도 일찍 잤지만(나도 일찍 잤다), 역시 수험생이 됐으니 밤샘도 하지 않을까. 그런 기대를 하고 아담한 이층집을 올려다봤지만 어느 창에도 불은 켜져 있지 않았다.

조금 망설이다가 동생 휴대폰으로 전화를 걸어본다. 집 열쇠는 가지고 있지만 맘대로 열고 들어가는 것은 내키지 않았다.

발신음이 일곱 번 울리고 끊으려는 참에 동생이 받더니 잘 잤어, 같은 말을 한다.

"아직 밤이야."

했더니, 동생은 졸린 목소리로 걱정해주는 것 같다.

"무슨 일 있어? 지금 어디야?"

"문 열어줘."

잠시 아무 말이 없다.

"뭘? 뭘 열어?"

집 앞에서 등을 구부린 채 휴대전화에 대고, 목소리를 낮춰서 부엌문, 하고 외쳤다.

금방 안쪽에서 문이 열렸다. 목둘레가 낡아빠진 하얀 티셔츠에 회색 스웨터 차림을 한 마사히코가 졸린 얼굴로 서 있었다.

"깨워서 미안, 재워줘."

내 말에 마사히코는 등 뒤에서 문을 닫고 잠그면서 말했다.

"재워주고 말고가 어딨어, 누나 집이잖아."

누나 집이라는 데는 모순이 있다. 마사히코가 다정하기 때문인 건 알지만 오히려 떳떳해지지 못한다. 봄에 20년간 살던 집에서 나왔다.

고등학교를 졸업한 후 아르바이트를 해서 집에 생활비를 조금씩 보태고 나머진 레슨비로 충당해왔다. 생활비를 보태는 일로 도리를 다하려고 했다. 다른 사람도 아닌 큰딸이, 집을 나가는 건 변명이 되지 않는다고 생각했다. 하지만 극단 연습과 레슨이 대부분 시내에서 이루어지기 때문에 집에서 다니기가 힘들었다. 공연 기간에 접어들면 매일 마지막 전철을 타고 집에 가는 일이 계속되었다.

편한 곳에 방을 얻으면 어떻겠냐고, 제안한 건 엄마다. 아빠는 조금 떨떠름한 얼굴이었는지도 모른다. 나가 살아도 되는 것이다. 맥이 빠졌지만 그 주에 싼 아파트를 혼자 계약하고 왔다.

"배고프지?"

주방에 들어온 마사히코가 말한다.

"아니, 괜찮아, 자는데 미안해."

사실은 서 있기도 힘들 만큼 배가 고팠다.

"누나, 좀 솔직해져봐. 됐어, 손 씻고 거기 앉아 기다려."

자다 깼는데도 마사히코가 시원시원하게 움직이기 시작한다. 물 흐르는 소리, 뭔가를 다지는 소리, 가스레인지에 불을 켜는 소리. 아아, 난 이런 소리를 듣고 자란 것이다. 곧이어 그리운 우리 집의 하얀 육수 냄새가 테이블까지 풍겨 온다.

"자, 얼른 먹어."

"고마워."

동생이 내온 우동은 아빠가 만든 것과 구별이 안 갈 정도였다.

"이거, 지금 네가 만든 거 맞아?"

"응, 나베야키 우동은 시간이 걸려서 건더기는 급하게 익히기만 했어."

마사히코는 테이블 맞은편에 앉아 내가 먹는 걸 싱글거리며 보고 있다.

뜨거워서인지, 놀라서인지, 그리워서인지, 잘 모르겠지만 눈물이 핑 돌았다. 그릇에서 얼굴을 들지 않고 어떻게든 감추려 했지만 바라는 대로 잘됐을까.

엄마 말로는 수험생인 마사히코가 여전히 집안일을 돕고 있다고 한다. 집안일이기 때문에 아르바이트비도 받지 못하고 별로 재미도 없을 것이다. 동생이지만 고개가 숙여진다.

본가에서 지내는 걸로 가족 구성원으로서 의무를 다 한다고 믿었던 나는 정말이지 생각이 틀렸었다고 인정한다. 효도까지는 아니더라도 불효는 하지 않는다고 생각했었다.

"……맛있어."

진심을 말했더니 마사히코는 웃으며 고개를 끄덕였다.

"저기, 누나."

테이블에 양 팔꿈치를 괴고 있다.

"거리낌 없이 아무 때나 자주 좀 오면 좋잖아."

거리낌. 이 아이는 내가 거리낌이 있어서 자주 오지 않는다고 생각하는 걸까.

"거리낌이 어딨어. 시간 될 때만 집에 와서 오히려 부모님께 죄송한걸."

"거봐."

마사히코가 웃는다.

"그런 걸 거리낌이라고 하는 거야. 여긴 누나 집이니까 시간이 되든 안 되든 언제라도 오면 되는 거야."

또 눈 안쪽에 핑그르르 눈물이 맺히는 바람에 우동 그릇을 내려다본다. 마사히코는 맞은편에 앉아 하품을 하고 있다.

내가 지금 이렇게 노래하고 춤추고 있는 게 왠지 거짓말 같다. 우동집 딸로 태어나고 자라서 언젠가 이 가게를 이어가든지 도우면서 살아갈 거라고 생각했다. 매일 이 가게에 서서 기쁜 일과 즐거운 일을 양손으로 그러모아 힘껏 웃으면서.

동생은 공부를 잘했기 때문에 대학에 보내주고 싶었다. 고등학교를 졸업하고 열심히 일하면 경제적으로 조금은 도움이 되지 않을까. 그런 단단한 각오까지 하고 있었다.

무대에 서겠다는 생각 같은 건 해보지도 않았다. 생각이라는 과정을 통해 내게 다가온 것이 아니다. 무대 같은 건 여기와는 완전히 다른 세계고 내가 거기에 올라갈 거라고는 상상조차 못했다. 그날 레이를 따라 뮤지컬을 보러 가기 전까지는.

그런데 지금은 어떤가. 무대에 서고 싶다는 생각 하나로 동생 학비를 도와주기는커녕 혼자서 집을 나가 나 자신만을 위해서 시간도, 돈도 전부 쏟아부으면서 노래와 연극에 빠져 있다. 그리고 이렇게 오디션을 보고, 떨어지고, 그래도 다시 보고, 또 보고.

"저기, 말이야."

분홍색 테두리가 있는 어묵을 입에 넣고 가능하면 아무 일 없다는 듯 이야기한다.

"왠지 엄청 '착한 아이' 같지?"

마사히코는 멍하니 눈을 껌뻑이다가 흠, 하고 애매한 소리를 낸다.

"듣고 있는 거야?"

"듣고 있어. '착한 아이'라며?"

"누가, 라고 안 물어?"

다시 물으니 그제야 똑바로 나를 본다.

"누가?"

"그야, 내가. 잘 자라서, 그 껍데기를 깰 수 없어서, 안 된대."

마사히코는 눈을 찡그렸다.

"그래서 안 된다면 어쩔 수 없는 거잖아."

그리고 내 앞에 있는 컵을 들어 물을 한 모금 마셨다.

"오디션 떨어졌나 보네. 못된 사람이라야 붙는다면 그런 거, 그만둬버리는 게 어때?"

아찔해져서 나무젓가락 한쪽을 테이블에서 떨어뜨렸다.

정말이지 맞는 말이다. 마사히코는 정직하다. 그리고 누나를 생각해주는 다정한 아이다. 바닥에서 젓가락을 주우면서 진지하게 생각한다.

"맞는 말이네. 그만두는 게 좋을지도 모르겠어. 고마워."

솔직한 소리가 나왔다. 마사히코는 나를 쳐다봤지만 아무 말도 하지 않았다.

그리고 내 가슴을 가리키며, 뭔데, 하고 물었다. 손가락 끝을 보니 워크맨 리모컨이 블라우스 주머니에 클립으로 고정되어 있다. 아까 역에서 듣던 그대로다. 부를 수 없는 노래가 나왔기 때문에 여기로 왔다.

"뭐 듣고 있었는데?"

팔을 뻗어 이어폰을 마사히코의 귀에 꽂아주고 재생 버튼을 누른다. 마사히코의 얼굴에 미소가 퍼진다. 리듬에 맞추어 작게 고개를 흔들며 듣는다. 우동 국물을 마시며 그 모습을 본다. 이 아이가 이렇게 즐겁게 음악을 들었던가?

마사히코는 조금 있다 이어폰을 빼서 내게 주면서,

"나 이 노래 좋아해."

기분 좋게 말했다.

"〈Joy to the World〉는 크구나, 하는 생각이 들어. 월드는 세계잖아. 하지만 가사에 나오는 월드에 나는 거의 포함되지 않는 느낌이 들어."

"응, 왠지 알 거 같아."

"근데 이 노래는, 있잖아, 뭐였더라, 월드라는 것이 boys and girls(소년 소녀들)를 위한 것뿐만 아니라 또, 물고기가 어쩌고저 쩌고."

"아, Joy to the fishes in the deep blue sea."

일 절만 불러줬더니 마사히코는 놀란 얼굴이 되었다.

"굉장해, 역시 누나 노랜 굉장해."

그리고 가사를 다시 읊조렸다.

> Joy to the world(환희의 세상)
>
> All the boys and girls now(모든 소년 소녀들이여 이제)
>
> Joy to the fishes in the deep blue sea(깊고 푸른 바다 속 물고기
> 들에게 기쁨을)
>
> Joy to you and me(당신과 나에게 기쁨을)

"그런 거야. 깊은 바다의 물고기들까지 세상에 포함되어 있
는 거야. 물고기에게도 기쁨을, 하고 노래 부르다 보면 그 세상
에는 나도 있는 거 아닌가 하는 생각이 들어, 내가 지금 무슨 소
릴 하는 거지?"

좀 부끄러워져서 고개를 흔들었다.

"다 먹었어?"

내 앞에 있는 그릇에 동생이 손을 뻗는 걸 가로막았다.

"됐어. 내가 씻어놓을게. 잘 먹었어."

"그럴래? 그럼 부탁해. 나 잘게."

마사히코가 의자에서 일어났다.

"고마워, 잘 자."

잘 자, 하고 대답하겠지, 했는데 틀렸다.

"그만두는 게 좋겠다고 생각해본 적도 없으면서."

동생은 웃으며 말을 마치더니 안채로 이어져 있는 가게 뒤로 사라졌다.

그만두는 게 좋을지도 모른다. 그런 마음에도 없는 말을 했다.

분명. 그만두는 게 좋을지도 모른다는 건 확실히 생각하지도 않았다. 테이블에 혼자 앉아 웃었다. 생각한 적이 없다. 한 번도 생각해본 적이 없다.

노래하는 게 좋고, 춤추는 게 좋고, 연극이 좋아서 무대에 서기를 원한다. 무대 위에는 모든 것이 있기 때문이다. 세계라고 바꿔 말해도 좋다. 무대에 서지 않으면 보이지 않는, 느끼지 못하는 세계가 기다리고 있다.

아니, 기다리지 않는다. 세계는 열려 있다느니 하지만 그렇지 않다. 내가 기어올라 거기에 서지 않으면 무대는 나 없이도 돌아간다.

컥, 하고 목 안쪽이 울리는 것 같다. 내가 없어도 잘 돌아가는 무대를, 내가 나가서 더욱더 빛나게 할 수 있다. 그런데도 나는 아직 무대 밑바닥에서 버둥거리고 있다. 분해서 발을 구르고 싶다. 다다다다다닥! 발을 굴러보았다. 테이블이 흔들리고 우동 그릇에 남은 국물에 물결이 일었다.

많이 지쳤었는데 거짓말 같다. 발을 구를 기운이 남아 있다니.

마사히토를 좋아하고, 우동을 좋아하고, 이 가게를 좋아한다. 그리고 무대도 좋아한다. 좋아하는 마음이 다른 좋아하는 마음을 부른다. 나는 오늘 밤 여기서 좋아하는 따뜻한 우동을 맛볼 수 있었기 때문에 다시 무대에 서고 싶다고 생각할 수 있었다. 사무실에서, 역 승강장에서 좌절할 때와는 완전히 다른 마음이다.

Joy to the world(환희의 세상)

All the boys and girls now(모든 소년 소녀들이여 이제)

흥얼거려본다. 지금이라면 부를 수 있다. 〈Joy to the World〉. 환희의 세상. 환희는 푸른 바다 깊은 곳에 사는 물고기들에게도 주어진다. 그때 무대에서 멀리 떨어진 곳에 있던 나에게도 닿았던 것처럼. 단 한 곡으로 나를 기쁨에 넘쳐흐르게 한 것처럼.

집에 다녀와서 좋았다. 몸이 휘청거릴 만큼 피곤했지만 하룻밤 쉬고 나면 나는 또 노래할 것이다.

오디션에 떨어져서 배역을 받지 못하고, 앞으로도 계속 이렇게 떨어지기만 한다면, 그런 생각을 하니 어둠 속에 있는 것처럼 두려워진다. 이길 수 있다는 생각은 들지 않는다. 하지만 진다는 생각도 들지 않는다. 떨어지고 떨어져서 구역질을 참고 다리를 질질 끌면서도 우동을 먹고 또 노래하러 갈 것이다.

연습이 끝난 후 사무실에서 불렀다.

새로운 오디션이 있다고 한다.

"어쩔 생각이야?"

나는 여전히 의욕이 넘치는데 담담한 표정을 한 니시나 상이 처음부터 답을 알고 있는 질문을 한다. 어떤 오디션인지 확인하려고 건네받은 종이를 내려다보고 확 하고 온몸의 피가 끓어올랐다. 히로세 슈지의 신작이었다.

"볼게요."

물론 답은 알고 있었다. 다만 한 가지가 마음에 걸렸다.

"우리 공연과 겹치지 않나요?"

"겹치지 않도록 짧게."

그 정도로 중요한 무대라는 소리다. 알고 있다. 히로세 슈지는 니시나 상에게도 특별한 인물이다.

"나나오도 본대."

시원스럽게 말하지만 안경 너머 큰 눈은 나를 바라보고 있다.

"그 아이 정말 욕심 많지?"

조금 웃어버렸다.

"욕심 없는 사람도 있나요?"

"그렇지, 좋아."

니시나 상도 웃는다.

"스스로 욕심이 많다는 걸 확실히 의식하고 손가락 끝까지 욕망에 충실해져서 원하는 걸 확실히 움켜잡아."

예, 고개를 끄덕였다.

"저번 우리 공연에서도 네 평판이 굉장히 좋았어. 봤잖아, 설문조사표. 그 배우가 누구야, 치나츠가 누구야, 하며 많은 사람이 관심을 보였잖아. 확실히 힘을 기르란 얘기야. 나도 기대할 테니까."

얘기가 끝났나, 하고 인사를 하려는데 뜻밖에 니시나 상이 말을 이어갔다.

"치나츠는 신체 능력이 뛰어나니까 스피드와 파워를 의식하는 게 좋아."

의외였다. 스피드와 파워가 내게 있다고도, 그게 무기라고도 생각한 적은 없다. 키도 작고 기량이 좋은 것도 아니다. 가창력은 아직 멀었고 기초부터 단련된 연기력도 없다. 언제나 자신이 없었다. 그래서 잘 자란 듯이, 수비에 들어가 있는 것처럼 보였는지도 모른다. 스피드와 파워라면 공격력이 아닌가?

"감사합니다!"

기운차게 고개를 숙였더니 왠지 정말로 복부 아래에서부터 스피드와 파워가 빙글빙글 소용돌이치면서 솟구치는 듯한 느낌이었다.

분명 나나오에게도 이렇게 격려할 것이다. 격려하고, 충고하고, 조금이라도 나나오에게 힘이 되면 좋다. 힘을 얻은 나나오와 모든 힘을 다 하는 내가 부딪치니까 의미가 있다. 나나오뿐만이 아니다. 틀림없이 더 많은 지원자가 있을 것이다. 온 힘을 다 하는 지원자 중에서 배역에 가장 어울리는 사람이 선택된다. 조금이라도 좋은 걸 목표로 해서, 노래로 말하자면 한 소절만큼의 타협도 없이 무대는 만들어진다.

내가 뽑히지 않는다고 해도 무대를 위해서는 어쩔 수 없다. 최고의 무대를 위해서 필요한 사람이 내가 아니라면 내가 나가서는 안 된다. 무대를 사랑하니까. 이런 생각을 하는 나는 옆에서 보면 욕심을 내지 않는다고 보일지도 모른다. 하지만 나는 욕망에 차 있다. 최고의 무대를 보고 싶다. 최고의 무대를 만들고 싶다. 최고의 무대에 나가고 싶다. 폭풍처럼 휘몰아치는 욕망 속에서 어느 것이 가장 강할까. 최고의 무대를 보고 싶은 걸까, 만들고 싶은 걸까, 나가고 싶은 걸까. 스스로도 혼란스럽다. 하지만 폭풍 한가운데서 흔들리지 않고 서 있는 것은 최고의 무대를 갈망하는 마음이다. 거기에는 모든 것이 있다. 살아가는 희망도, 절망도, 동경도, 질투도, 사랑도, 미움도, 도약도, 고독도. 결정체를 이룬 그것들이 무대 위에서 강하게 빛을 발한다. 눈부신 빛에 빨려들어 나는 그곳에 좀 더 가까이 가닿으려고 힘껏 손을 뻗는다.

타는 듯한 충동에 뜨거움이 솟구치는 일도 있다. 무대를 좋아하니까, 거기에 서고 싶다. 노래하고 싶고 춤추고 싶다. 웃고, 울고, 어찌할 줄 모르면서, 숨을 들이쉬고, 숨을 내뱉고, 숨을 들이쉬고, 거기에서 살고 싶다. 폭풍의 한가운데서. 혹은 세계의 중심에서.

"우리 가족은."

갑자기 튀어나온 내 말에 니시나 상은 조금 의아해하는 표정을 지었다.

"여기와는 완전히 다른 세계에서 살고 있습니다."

사람 수만큼 존재하는 세계. 한 사람 한 사람마다 세계는 하나씩 존재하는 것이다. 마사히코는 월드라고 했다.

중심에 섰다고 생각해도 누군가에게는 아무런 가치도, 흥미도 없는, 보잘것없는 세계일지 모른다는 것도 알고 있다. 그래도 여기가 나의 세계고, 만약 앞으로 어떤 세계가 펼쳐진다고 해도 그 보잘것없는 세계의 중심은 여기다.

아빠와 엄마, 동생이 저마다의 세계에 있는 것이 나에게는 물론 위안이다. 내가 내 세계에서 굴러떨어져도 그들은 그들의 세계에서 살고 있다.

"평범하게 살아가는 세상에서는 탐욕으로 보이지 않는 사람들이에요. 하지만 사실은."

얘기하다가 나도 모르게 웃어버린다. 하지만, 사실은. 하지만, 사실은.

"엄청나게 탐욕을 부리는 거예요."

그들은 그들의 세계에서 엄청나게 욕심을 내며 살고 있다. 예를 들면 우동 맛을 추구하는 일에. 내가 단 하나의 배역을 위해 야단을 떠는 것과는 달리 그들은 조용하고 담담하게 그들의 길을 찾아내고 있다.

어떻게 반응해야 할지 니시나 상은 곤란했을 것이다. 흑녹색 안경을 벗고 나를 봤다. 저 눈이다, 라고 생각했다. 저 눈과 이렇게 가까이에서 마주 본다는 사실에 새삼스레 설렌다.

"게다가."

계속할까 그만둘까, 망설였다. 아주 잠깐 동안. 하지만 말해야지.

"내가 존경하는 여배우도 굉장히 탐욕스러워요."

니시나 상이 좀 놀란 얼굴이 되었다.

"그 탐욕스러움에 조금이라도 가까이 다가가고 싶습니다."

"의외네. 치나츠는 자기만의 속도로 자기 길을 가는 타입이라고 생각했어. 목표로 하는 여배우가 있었구나."

"예, 고등학교 3학년 때 처음으로 본 뮤지컬의 주연배우였어요. 그날 이후 제 인생이 바뀌었어요."

가능한 한 아무렇지도 않은 듯이 말한다. 하지만 가슴속에서 뭔가가 폭발할 것 같다. 그날 처음으로 본 뮤지컬. 클라이맥스에서 선보인 노래. 노래하고 춤추면서 무대 한가운데서 빛나던 여배우.

니시나 상은 훗 하고 웃었다.

"그거 좋네, 인생이 바뀌는 체험이라니. 누구에게나 가능한 게 아니야. 무대 위에서 배우는 몇 번이나 다시 태어나는 기분이지만."

"연출은 히로세 상이었어요."

그 말을 하는 순간 확 하고 등에 소름이 끼쳤다. 지금도 그때 뮤지컬을 생각하면 몸속에 흥분이 되살아난다. 히로세 슈지의 뮤지컬. 오디션. 생각만 해도 전율을 느낀다.

"그래서 어떻게든 이번 오디션에서는 꼭 배역을 받고 싶어요."

"알았어. 치나츠에겐 운명의 연출가인 거네. 그 탐욕스러운 여배우도 이번 뮤지컬에 나올까? 같이 공연할 수 있으면 굉장할 거 아냐."

정말일까. 이 사람은 정말로 그렇게 생각할까. 같이 공연할 수 있으면 굉장하겠다, 고.

"만약 그럴 수 있다면 기적이라고 생각해요, 하지만 좀 어려울 것 같아요."

"무슨 소릴 하는 거야. 탐욕스러운 여배우에게 끌렸잖아. 넌 좀 더, 더욱더 탐욕스러워지지 않으면 따라갈 수 없다고."

"그 여배우는 탐욕이 지나쳐서 지금은 더 이상 무대에 서지 않아요."

내 말에 니시나 상은 아무 말도 하지 않았다. 조금 기다렸지만 아무 말도 할 생각이 없는 걸까, 매서운 눈으로 꼼짝 않고 나를 보고 있다.

"뮤지컬을 탐욕적으로 너무 사랑해서, 자신의 연기에 욕망이 지나쳐서, 무대를 내려왔다고 생각해요. 목소리인지, 춤인지, 연기인지, 전 모르지만 그녀 자신이 추구하는 높은 곳에 닿지 못하게 되어 스스로 자신을 질책한 게 아닐까, 생각해요."

니시나 상은 표정을 바꾸지 않았다.

"전 잘 모르겠어요. 저는 그녀의 모든 것이 멋지게 보였고, 동경해왔어요. 하지만 그녀는 모든 걸 알고 있었겠죠. 때를 놓치기 전에 무대를 내려왔고 그게 그녀의 자존심과 미의식과 탐욕이라고 생각해요."

화가 났을지도 모른다. 틀림없이 화가 났을 것이다. 지금 난 바보 같은 짓을 하고 있다. 동경하던 배우를 화나게 하고 있다. 어떻게든 무대로 되돌리려고 한다.

그녀의 표정만으로는 감정을 읽을 수 없다.

"그래도 다른 탐욕도 있었으면 좋겠다고 생각해요. 더욱, 더 더욱, 배우로서 성숙해졌을 거예요. 많은 사람을 뮤지컬의 포로로 만들 수 있었을 거예요. 나 같은 평범한 여고생을 푹 빠지게 만들고 배우를 꿈꾸게 할 수도 있었잖아요. 아닌가요? 자신이 현역으로 있는 것에 더 욕심내길 바랐어요."

"그 정도까지 알고 있다면 이제 충분하잖아."

무표정하던 니시나 상의 뺨이 희미하게 불그스름해진다.

"치나츠, 네가 철저하게 탐욕스러워지면 좋겠어. 한번 해봐."

그 말을 하는 눈동자에 빛이 어리어 반짝반짝 빛난다.

"한번 해봐. 무대에도, 자신에게도, 탐욕스러워지는 그런 인생. 천국을 본 듯한 기분도 지옥에 닿은 듯한 기분도, 맛볼 수 있으니까. 무대의 황홀감이 너무 강렬해서 돌아올 수 없게 돼. 그러는 사이에 자존심 같은 건 아무래도 상관없게 되지."

도발하듯이 말하고 나서 큰 소리로 웃었다.

"네 탐욕은 흥미로워. 오디션은 최선을 다해 계속 보도록 해."

"예."

"어떤 작은 배역이라도 좋으니까, 움켜잡아. 넌 무대에서 빛나니까."

오디션을 좋아하는 건 아니다. 무대를 좋아하는 것이다. 줄곧 그렇게 생각하고 있었다. 하지만 아무래도 그뿐만은 아닌 것 같다. 나는 무대를 좋아하고 오디션을 좋아한다. 아주 좋아한다. 니시나 상은 내가 그렇게 생각하는 걸 꿰뚫어 보는 건지도 모른다.

오디션 동안에는 마법에 걸려 있다. 결과적으로는 떨어지고,

실제 무대에서는 이름도 없는 배역이거나 무대 장치를 맡기도 한다. 하지만 오디션을 보는 도중에는 다르다. 그동안만은 가장 하고 싶은 역할을 한다. 나보다 더 그 배역에 맞는 사람의 존재를 잊고, 노래하고, 춤추고, 연기한다. 나만이 할 수 있는 방법으로 세계를 손에 넣는다.

하지만 움켜잡아, 라고 탐욕스러운 이 사람은 말한다. 거기에 만족하지 마, 라고.

"예?"

니시나 상이 뭔가 얘기한 것 같아서 다시 물으니 조용히 머리를 저었다.

"아무것도 아냐. 다만 치나츠는 분명 갈 수 있다고 생각했을 뿐이야."

"갈 수 있다니, 어디로요?"

"당연하잖아."

니시나 상은 화장기 없는 얼굴로, 그래도 충분히 아름답게 미소 지었다.

"무대 한가운데로."

그 순간, 〈Joy to the World〉가 귓전에 울리기 시작했다. 치나츠는 — 나는, 분명 갈 수 있다. 무대 한가운데로, 기쁨의 세계로.

그래, 환희의 세상을 나는 알고 있다. 압도적인 기쁨. 강한 빛을 받고 있는 듯한, 축복을 받고 있는 듯한, 영원의 순간. 절대적인 긍정의 느낌. 20년간 계속 조연이었던 내가 태어나서 처음으로 주인공이 될 수 있는 곳. 누군가에게 인정받는 게 아니라 스스로 자신을 발견하고 인정한다. 내가 여기에 있어도 좋다고 믿을 수 있는, 나 자신을 긍정할 수 있는 기쁨. 무대 한가운데서 나는 그걸 움켜잡는다. 세상의 한가운데로, 이제부터 달려간다.

"이 배역, 무슨 일이 있어도 내가 하고 싶어요."

광고지를 쥔 손에 바짝 힘이 들어간다. 모든 것은 그때의 〈Joy to the World〉 때문이다. 이 사람 때문인 것이다.

Joy to the world(환희의 세상)

All the boys and girls now(모든 소년 소녀들이여 이제)

노래가 들린다고 생각했는데 노래하고 있는 건 나였다. 노래하려는 생각보다 먼저 목소리가 나오고 있었다.

Joy to the fishes in the deep blue sea(깊고 푸른 바다 속 물고기들에게 기쁨을)

아아, 떨릴 것 같다. 그때 그 배우 앞에서, 이 노래를 부르다니. 설마 그런 때가 오다니……. 하지만 목소리는 떨리지 않는다. 꿈결 속에 노래한다. 이제 조금만 더하면, 하이라이트 끝까지.

그러자 살랑, 마치 바람이 부는 듯이 목소리가 포개졌다.

Joy to you and me(당신과 나에게 기쁨을)

눈앞에서 니시나 히데코가 노래하고 있었다. 기쁨을, 당신과 나에게. 놀라움과 환희로 숨이 막힐 것 같다.

"다, 다, 다시 한 번."

안 돼, 여기서 더듬거리면 안 된다.

"저, 한 번 더, 니시나 상, 갈까요?"

니시나 상은 어디로라고 묻지 않았다. 무엇을 생각하는지 알 수 없는 미소를 띠며 나를 보고 있다. 그 검은 눈동자 안에서 너울거리는 불꽃이 보인 것 같다.

나도 간다. 반드시, 거기에.

장승처럼 우뚝 서서 광고지를 움켜쥐고 여전히 나는 떨고 있다. 흥분과 설렘으로. 이제부터 갈 거니까. 세상의 한가운데로. 환희의 세상으로.

6장

끝나지 않은 노래

예감은 대개 맞지 않는다.

휴대전화가 울려서 발신표시를 보니 치나츠였다. 통화 버튼을 누르기 전에 방을 둘러본다. 5분 정도면 정리할 수 있을 것 같다.

"여보세요."

"레이, 나야."

언제나 활기찬 목소리가 오늘 밤은 더 활기차서, 숨을 헐떡이는 것 같다.

"응, 괜찮아, 와도 돼."

앞질러 대답했더니 한순간 아무 말이 없다가 아니야, 아니야, 하는 소리가 났다.

"아니야, 오늘은."

뭐가 아니란 걸까. 좀 전에 간단한 저녁을 만들어 먹으면서 이제 슬슬 치나츠가 자러 올 때가 됐는데, 생각한 참이었다.

고교 동창인 치나츠는 작년에 집을 나와 혼자 생활을 시작했다. 그때까지는 자정이 가까워지면 자주 전화가 왔다. 아르바이트와 극단 활동을 겸하면서 틈틈이 노래와 춤을 배우러 다니는 치나츠는 걸핏하면 마지막 전철을 놓쳐버린다. 정말 미안한데, 하고 전화가 걸려오면 나는 대충 방을 둘러보고 치나츠를 재워줄 수 있는 상태인지 확인한다. 하지만 못 재워줄 정도였던 적은 한 번도 없다. 아무리 피곤해도 아무리 기분이 좋지 않아도 치나츠가 오는 건 괜찮았다. 함께 있는 게 전혀 부담되지 않는다. 오히려 한동안 오지 않으면 궁금해진다. 발길이 뜸해진 것처럼 느낀 시기가 없었던 건 아니다. 하지만 어느 틈엔가 원래대로 돌아와 있다. 서로 기복이 있으면서도 멀어지는 일은 없다. 치나츠는 일종의 안정제 같은 존재인지도 모른다.

시내에 방을 구하고 나서는 자러 오는 일이 없어지나 했는데 이번에는 반대로 바쁘지 않을 때 자러 온다. 내가 가서 잘 때도 있다. 하지만 치나츠는 바쁜 날이 많고, 그런데도 내가 놀러간다고 하면 대청소를 하거나 음식을 많이 만들면서 신경을 써서 가지 않기로 했다. 치나츠가 오는 게 서로 편하다.

"아니라니까."

치나츠가 흥분한 목소리로 반복했다.

"오늘은 너희 집에 가려는 게 아니고 좀 굉장한 소식이 있어."

그 말을 한 후 전화기에 대고 작게 외쳤다.

"아아, 어떡해, 어쩌지!"

무슨 일이 있었는지 모르지만 웃음이 나온다.

"치나츠, 침착해. 지금 어디야? 집에 안 올래?"

"아니, 아니라니까, 재워달라는 게 아니라 할 얘기가 — 아, 그렇지. 지금 너희 집 가서 얘기하면 되겠네!"

그럼 좀 있다 봐, 하더니 끊고 나서 40분쯤 뒤에 치나츠가 집으로 왔다. 봐, 역시 왔다. 이제 슬슬 올 때가 됐다고 생각한 내 예감이 맞은 셈이다.

"이번에 우리 극단에서 청년 공연을 하기로 결정했는데."

현관 앞에서 신발을 벗으면서 치나츠는 느닷없이 이야기를 시작했다. 서론도 없다. 뺨이 발그레하다. 이런 점 때문에 치나츠에게 마음을 터놓을 수 있다. 감정을 아끼는 법이 없다. 점잔을 빼거나 잘난 체하지 않는다.

"어쩌면 나 큰 배역을 맡을 거 같아."

테이블에 앉아서도 기쁨을 억누르지 못하는 듯 눈을 반짝거리며 나를 본다.

"축하해."

유리잔을 하나, 치나츠 쪽으로 민다. 별생각 없이 사놓고 마시지 않았던 캔 맥주를 따른다. 치나츠는 지금 유리잔이 있는 걸 처음 본 듯 고마워, 하고 건배하듯이 잔을 들더니 단숨에 마셨다. 상당히 목이 탔나 보다.

"청년 공연은 아직 큰 배역을 맡아보지 못한 우리 정도 되는 단원을 주인공으로 하는 무댄데."

"응."

"오늘, 제작 담당…… 아, 제작이란 건 극단의 여러 가지 일을 총괄적으로 맡아보는 사람을 말해. 그 제작을 담당하는 니시나 상에게 불려갔는데 나와 또 한 명이 주연으로 서는 무대를 생각하고 있대. 그것도 말이야, 니시나 상이 젊었을 때 공연해서 대히트한 각본이래. 이번에는 그 각본으로 니시나 상이 직접 연출한대."

아이처럼 순수하다. 혹은 강아지 같다. 만약 이 아이가 강아

지라면 지금 보이지 않는 꼬리를 떨어질 듯한 기세로 팔락팔락 흔들어대고 있겠지. 너무 기뻐서.

"잘됐다."

자기 목소리가 흥분한 걸 알아차린 듯 치나츠는 조금 톤을 낮추는 시늉을 했다.

"다만 우리 극단의 간판스타 나가이 상과 소노무라 상이 나오지 않는 무대에 어느 정도 관객이 와줄지가 걱정이라면 걱정이지만."

"무슨 말이야, 벌써부터 그런 걱정할 필요는 없잖아."

내 말에, 그렇지? 하고 웃었다.

"그래서 말이야."

치나츠는 남아 있던 맥주를 단숨에 들이켰다.

"여기서부터가 중요해."

그러고는 테이블 너머로 몸을 내밀었다.

"나하고 같은 기수인 하야세 나나오라는 아이가 주연이 되는 건 거의 확정 같은데 거기에 한 사람이 더 필요하대. 예쁜 삼각형으로 만들 생각이래. 니시나 상이."

그렇구나, 맞장구를 치면서 일어나 냉장고에서 맥주 한 캔을 더 꺼내어 비어 있는 치나츠의 잔에 따라주었다.

"있잖아, 그게 말이야, 레이. 삼각형의 세 번째 각은 외부에서 뽑는대."

외부에서, 라는 말의 의미를 잘 몰라서 삼각형의 각과 연결되지 않았다. 외각과 내각이 있었지. 내각의 합이 180도, 외각은 이웃하지 않는 두 내각의 합과 같다.

"듣고 있어?"

치나츠는 똑바로 나를 쳐다본다.

"응, 듣고 있어. 외부에서 뽑는다며."

"원래 나하고 나나오가 완전히 정반대 스타일이기 때문에 거기에 어떤 인물을 투입하는가에 따라 잘되면 세 명 모두 불꽃이 튀는 순간을 볼 수 있지 않을까 한대. 극단 단원이 아니라 아, 우리 극단에 한정된 얘기가 아니라 요컨대 배우가 아닌 사람 중에서 세 번째를 데려오려고 한대."

"배우가 아니라면 아마추어 말이야?"

"아니, 아마추어가 아니고 노래하는 사람. 노래의 프로. 25년 전에 니시나 상이 나왔을 때 그 세 번째 역할을 한 사람이 누군지 알아?"

두근거리는 걸 숨길 수 없다는 표정으로 치나츠가 나를 본다. 글쎄, 나는 고개를 갸웃한다.

25년 전이라면 우리가 태어나기도 전의 이야기다.

"아사이 구미코래!"

아사이 구미코라면 내가 철이 들었을 때는 이미 톱스타 가수였다. 신인 때 그녀가 그런 무대에 섰다는 건 처음 듣는 얘기다.

"그나저나 축하해. 큰 배역을 맡아서 정말 잘됐어."

내 말에 치나츠는 아니, 하고 고개를 흔들었다. 바슬바슬한 까만 머리가 흔들리면서 방 공기를 흔든다.

"본론은 지금부터야. 있잖아, 제대로 듣고 있지? 프로페셔널하게 노래 부를 사람을 찾고 있어. 가능하면 아직 이름이 알려지지 않은, 원석 같은 사람. 이번 무대에서 단번에 주목을 받아, 온 세상 사람들에게 알려지는 거지."

치나츠는 잔뜩 흥분해서 말했다.

"프로페셔널하고 원석 같은? 그런 괜찮은 사람이 있을까?"

찬물을 끼얹을 생각은 없지만 온 세상 사람들에게 발견되기 전에 치나츠네 극단에서 제작을 맡고 있다는 그 사람에게 발견되어야 한다. 어지간한 혜안이 아니면 어려울 것이다.

문득 고개를 드니 치나츠가 눈을 반짝이며 나를 보고 있었다.

"있다니까, 그런 괜찮은 사람이. 내가 니시나 상에게 추천하고 왔어. 그랬더니 꼭 한 번 만나보고 싶대."

"치나츠는 여러 곳에 얼굴을 내미니까. 그렇구나, 제대로 눈여겨본 사람이 있었구나."

끄떡끄떡 목뼈가 부러질 듯이 크게 고개를 끄덕이더니 치나츠는 목소리를 낮췄다.

"있지, 여기에!"

목소리를 높이는 것보다 낮추는 편이 더 효과적일 때가 있다. 그렇구나, 하고 생각했다. 노래할 때도 마찬가지일지 모른다. 이때다 싶을 때 목소리를 약간 낮춘다. 그것도 표현 방법 중 하나일 것이다. 다음번에 시험해봐야지. 응? 뭐라고?

"가까운 시일 안에 시간 내야 해. 니시나 상을 만나야 하니까."

응?

"잠깐만, 무슨 소리야. 니시나 상을 만나다니, 내가? 왜?"

"레이, 내 얘기 뭘 들은 거야? 삼각형의 세 번째 각으로 레이를 추천했어."

"추천이라니……."

각을 목표로 하지는 않는다. 그렇게 말하면 치나츠에게 상처를 주는 걸까. 하지만 알고 있을 것이다. 나는 성악을 공부하고 있다. 목표로 한다고 해도 뮤지컬이 아니라 오페라다. 노래라는 공통점은 있지만 무대가 다르다.

"있잖아, 레이, 기억하지? 고3 때 처음으로 나를 데려가준 뮤지컬, 〈환희의 세상〉. 그때 주연했던 배우가 니시나 히데코 상이야."

그렇게 생각해서 그런지 치나츠는 자신이 넘쳐 보인다.

〈환희의 세상〉은 물론 기억한다. 좋은 뮤지컬이었다. 배역도 좋았다. 마지막에는 나도 모르게 일어났다. 관객 대부분이 일어서서 박수갈채를 보냈다.

니시나 상이 그 니시나 히데코 상이었던가.

니시나 히데코는 멋진 배우였다. 그건 인정한다. 하지만 뛰어난 정통파의 노래도 아니고, 보기 드문 미인도 아니고, 춤이 특별히 대단한 것도 아니다. 그보다 그녀를 빛나게 하는 건 좀 더 본능적인 것이라고 느꼈다. 그녀에게는 뭔가 타고난 것이 있다. 거기에 서 있기만 해도 무대에 깊이가 생긴다. 표정 하나로 그 자리의 분위기를 압도해버린다. 그런데도 사랑스럽고 연기 하나하나가 매력적이다.

나도 좋아한다. 하지만 목표로 하지는 않는다. 목표로 하는 것이 다르다.

치나츠는 방금 세심하게 내 마음을 살폈을 것이다. 표정이 굳어졌다.

"부탁이야. 어쨌든 한 번만 내 얘기 좀 들어줘. 오디션을 받아 봐."

"얘기를 듣는 건 좋아. 하지만 오디션을 본다고는 약속할 수 없어."

치나츠는 진지한 얼굴로 고개를 끄덕였다.

"내게는 야심이 있는데 말이야."

"응."

"레이의 노래를 많은 사람에게 들려주고 싶어. 여기 이렇게 굉장한 노래를 부르는 사람이 있어요, 하고 알리고 싶어. 그래서 레이가 무대에 서면 좋겠어. 성악을 하는 레이의 본무대가 아닌 건 알아. 하지만 못 기다리겠어. 빨리, 빨리 레이를 사람들에게 알리고 싶어."

"고마워, 네 마음은 고맙지만."

"그리고 또 하나. 이건 더 단순한 야심. 레이와 함께 노래하고 싶어. 둘이서 무대에 서고 싶어."

이게 단순한 야심, 인가?

"뭐야, 왜 웃어? 사람이 진지하게 꿈 얘기를 하는데."

그 말을 하면서 치나츠도 웃는다.

"무리야."

대충 웃어넘기려 했는데 웃지 못했다. 내가 생각해도 자신 없는 소리가 나왔다.

"너무 과대평가야. 연극 공부를 한 적도 없는 내가 오디션에 통과할 만큼 만만한 세계가 아니잖아."

치나츠가 얼마나 무대에 서고 싶어 하는지, 그 때문에 얼마만큼 노력해왔는지 잘 알기에 오디션을 보란다고 가볍게 볼 수는 없다. 치나츠의 노력을 존중하기 때문이다.

게다가 오디션을 본다고 해도 떨어질 것이다. 비관적인 이미지밖에 떠오르지 않는다. 그동안 잘되는 일이 별로 없었다. 고작 스무 명 정도 되는 성악과에서도 첫 번째가 되지 못한다. 뭐가 문제인지도 모른다. 유학 추천을 받는 것도, 발표회에서 주연을 맡는 것도 내가 아니었다. 나를 대단하다고 생각하는 치나츠에게 나의 진짜 실력이 알려지는 게 두렵기도 했다.

치나츠는 빈 유리잔을 가만히 바라보다 한숨 섞인 말투로 말했다.

"시시한 소릴 하네."

"시시해? 뭐가?"

되묻는 목소리에 날이 서버렸다. 조금 화가 났다. 마음대로 무대 오디션을 권하더니 거절한다고 해서 시시하다니. 그런 말을 하지 않아도 내가 시시한 인간이란 걸 너무나도 잘 안다. 융통성도 없고, 다정하지도 않고, 제대로 농담 한마디도 못한다. 노래를 부르는 것밖에 할 수 없다. 그것조차 과에서 첫 번째가 되지 못한다.

"만만한 세계가 아니잖아, 라니 정말이지 시시한 대사야."

치나츠는 화난 듯한 눈으로 나를 보면서 일어났다.

"가려고?"

당황해서 물었다. 그렇게 화가 난 걸까. 지금 이대로 가면 큰일이다. 아직 마지막 전철을 탈 수 있을까.

"아니, 잘 거야."

단호하게 말하더니 화장실 쪽으로 사라졌다.

치나츠가 덮을 이불을 옷장에서 꺼내면서 진짜 내 마음을 생각한다. 흙모래에 섞여 보이지 않는 금모래 같은 진짜 마음. 치나츠네 극단에서 노래하고 싶은 걸까, 하고 싶지 않은 걸까.

"미안, 나도 이런 내가 싫어. 세상은 만만하지 않다고 한계를 정하고 도망치는 건지도 몰라."

세수를 하고 온 치나츠에게 말했더니 괜찮아, 하며 담담하다.

"스스로를 만만하다고 생각하는 건 차라리 괜찮아. 남을 비웃거나 견제할 때도 흔히 만만하지 않아, 라고 하잖아. 그런 말을 들으면 정말 실망스럽더라고. 지금까지 백만 번은 들었을 거야. 아무런 자질도 없이 그렇게 간단하게 뮤지컬 같은 데 출연할 수 있냐고, 세상은 그렇게 무르지 않다며."

"백만 번? 상당히 많네."

얼결에 웃었더니 치나츠도 따라 웃는다.

"좀 과장했어. 사실은 사십 번에서 오십 번 정도 될까. 그만큼 들었으면 이제 충분해, 평생 들을 만큼 다 들었어."

내 마음을 확인해본다. '노래하고 싶다'와 '두렵다' 중 어느 쪽이 강할까. 강한 것도 '노래하고 싶다'이고 약한 것도 '노래하고 싶다'일 것이다. '노래하고 싶지만', '두렵다'. 그걸 약하다고 하는 거겠지. 하지만 마음을 다잡았다.

나는 말했다.

"그럼 그중의 열 번 정도는, 나도 들어야겠네."

오십 번 실망하고도 지지 않는 치나츠가 멋지게 보였기 때문이다.

"오디션 볼게. 노래하게 해준다면 하고 싶어."

그 말을 한 순간, 찰칵 하고 스위치가 들어오는 걸 느꼈다. 윙, 하고 모터가 돌기 시작한다. 뜨거운 피가 온몸 구석구석을 돈다. 손해 볼 건 없잖아. 떨어진다 해도 백만 번 중의 한 번 정도, 별거 아니다. 노래하고 싶다. 노래하는 것이다. 치나츠와, 함께 노래하는 것이다.

사무실로 가기 위해 중간 역에서 만났을 때부터 치나츠는 잔뜩 흥분해 있었다.

잘할 수 있어. 레이라면 무조건 잘할 수 있어. 이 말만 반복했다. 물론 근거 같은 건 없다. 잘할 수 있기를 바란다, 고 치나츠 자신이 바라는 것이다. 그렇게 나를 믿지 말라고 하고 싶었다.

그래도 치나츠의 거짓 없는 신뢰는 마음에 스며들었다. 스스로 나 자신의 힘을 믿을 수 없게 된 지금, 단순한 호언장담 혹은 맹신이라도 내 노래를 믿고, 듣고 싶어 하는 사람이 있다는 것이 좋았다. 치나츠는 노래해도, 노래해도, 반응을 얻지 못하는 나의 마지막 보루였다. 이 아이가 있기 때문에 나는 노래를 포기하지 않을 것이다.

그래서 후회하고 있었다. 오늘 떨어지면 무엇에 의지하여 노래하면 될까. 내게는 떨어질 거라는 예감밖에 없었다.

해 질 무렵 별로 붐비지 않는 지하철을 타고 나란히 손잡이를 잡았다.

"춤 못 춰."

내 말에,

"알아."

치나츠가 웃었다.

"연극도 못 해."

"그건 해보지 않으면 알 수 없지."

"못 한다니까."

"일단 노래하면 되는 거야. 레이의 노래를 원하니까."

"그럴까?"

정말 그럴까, 하고 생각했지만 더 이상은 아무 말 없이 전철에 흔들리며 서 있었다.

역에서 15분 정도 걸었다. 나를 데려간 곳은 낡은 건물에 있는 한 사무실이었다.

문을 여니 굵은 뿔테 안경을 쓴 여성이 안쪽 의자에서 일어났다. 그 옆에는 키가 큰 남성이 함께 있다.

"오늘 잘 부탁드립니다."

긴장한 목소리로 치나츠가 말했다.

"잘 부탁드립니다."

나도 함께 고개 숙여 인사했다.

여성은 수수한 복장이지만 우리 쪽으로 걸어오는 동작이 거침없고 세련됐다. 움직임이 가볍다. 발소리도 내지 않고 다가오는 느낌이다. 아, 이 사람이 니시나 상이다. 3년 전에 은퇴한, 치나츠가 매료된 여배우.

미소를 띤 채로 팔을 뻗으면 닿을 것 같은 거리에서 발을 멈춘다.

"미키모토 레이 상."

"예, 처음 뵙겠습니다."

한 번 더 인사하고 고개를 들기도 전에 니시나 상이 말했다.

"노래 불러볼래?"

"저……."

지금, 여기서, 말인가요? 라는 질문을 삼켰다.

지금이다. 여기서다. 노래하러 왔으니까. 아무것도 없는 이 방에서 분명 여러 명이 오디션을 봤을 것이다.

아주 가까이에서 니시나 상을 보니 화장기 없는 단정한 얼굴에 의욕적인 눈이 안경 너머에서 빛난다. 등줄기가 서늘해졌다. 오디션을 본다. 지금, 여기서, 내 노래를 들어준다는 것이다. 노래할 수밖에 없지 않은가.

"무슨 노래를 할까요?"

좋아. 대담해졌다. 옆에서 치나츠가 숨죽인 채 나를 보고 있는 게 느껴진다. 치나츠는 분명 놀라고 있다. 내가 이렇게 진지할 거라고는 생각하지 않았는지도 모른다.

"뭐든 좋아. 레이 상이 제일 좋아하는 노래를 불러봐."

말을 마친 니시나 상은 팔짱을 끼고 미소 지었다. 맞은편 벽을 등지고 남성도 팔짱을 끼고 있는 게 보였다.

제일 좋아하는 노래. 순간적으로 떠오른 건 대학에서 날마다 레슨을 받는 오페라 가곡이 아닌 〈아름다운 마돈나〉였다. 치나츠가 거기 있었기 때문인지도 모른다. 고교 2학년 열일곱 살 가을에 내게 노래를 되찾아준 곡이다. 실제로는 그 합창대회에서 나는 지휘를 했기 때문에 이 노래를 부르지는 않았다. 지금이라면 부를 수 있다. 이 노래에, 그리고 노래를 들어주는 사람에게, 마음을 담아. 실은 깊이 생각한 건 아니다. 다만 제일 좋아하는 노래를 부르라고 한 순간 이 노래가 부르고 싶어졌을 뿐이다. 정신이 들었을 때는 이미 노래를 시작하고 있었다.

Una bella Madonna(아름다운 마돈나)

이탈리아어로 된 경쾌한 노래를 부르기 시작하니 여기가 낡은 사무실인 것도, 지금이 오디션 중인 것도 모두 잊고 아무래도 상관없다는 마음이었다. 맨발로 뛰노는 소녀들의 모습이 눈앞에 펼쳐지고 풀숲에서 풍겨 오는 여름날 짙은 녹음의 훗훗한 열기가 감도는 것 같았다.

짧은 노래였다. 눈 깜짝할 사이에 노래가 끝나고 정신을 차리니 나는 여전히 낡은 사무실에 서 있었다.

음, 하고 니시나 상이 말했다.

"좋아, 대단히 좋아."

목소리에 힘이 넘쳤다. 니시나 상은 벽 쪽에 있던 남성을 돌아보고 고개를 끄덕이더니 치나츠를 바라봤다.

"정말 놀랐어. 치나츠가 고등학교 때 친구라고 해서, 이렇게 말하기는 뭣하지만 별로 기대하지 않았어, 왜냐면 치나츠가, 노래 잘하는 친구가 있어요, 라고밖에 안 했잖아."

그러고는 재미있다는 듯이 웃었다.

노래 잘하는 친구, 인가. 음대에서 성악을 전공하고 있다고도, 미키모토 히비키의 외동딸이라고도 말하지 않고 소개한 것이다. 쓸데없는 정보는 없는 쪽이 노래하기 편한 건 당연하다. 치나츠의 배려가 고마웠다.

"이건 뭐, 노래 잘하는 친구 정도의 수준이 아니잖아. 연습실

248

로 가자고."

"예!"

치나츠는 성큼성큼 사무실을 나서는 니시나 상을 따라가다가 나를 돌아보고 작은 소리로 말했다.

"연습실에는 무대가 있어. 거기서 좀 더 제대로 듣고 싶으신 거 같아."

나도 당황해서 따라간다. 조금 앞서가는 치나츠의 어깨가 신바람에 들썩인다. 등에서 열기가 감돈다.

사무실이 있는 건물을 나와서 바로 뒤쪽에 있는 더 낡은 건물로 걸어간다. 입구에만 전등이 켜져 있고 그 후부터는 딱딱, 소리가 나는 까만 스위치를 눌러서 복도 형광등을 켠다. 파란색으로 녹슨 철문을 니시나 상이 밀어서 연다. 전등을 켜니 극단 연습실이 한눈에 들어온다. 곰팡이 냄새, 땀 냄새 같은 기운이 자욱하다. 벽에는 콘크리트가 드러나 있고 바닥은 흠집투성이다.

거리에서 골목 하나를 더 들어오기 때문에 이런 곳에 연습실이 있다고는 아무도 생각하지 못할 것이다. 안쪽에 계단 하나 정도로 높게 만들어진 무대가 있다. 니시나 상이 나를 돌아보며 그곳을 가리켰다.

"위로 올라가."

뭘 하게 하려는지 몰랐지만 예, 하고 대답한다.

무대 오른쪽으로 올라간다. 올라간다고 해도 20센티미터 정도 높이밖에 안 된다. 그런데도 그 위를 걸으니 바닥과는 다르게 무대 위를 걷는 느낌이 있었다. 무대다. 낮지만, 관객은 없지만, 무대다.

"응, 거기서 멈춰."

짧은 지시가 날아온다.

"이쪽을 봐."

말하는 대로 무대에서 니시나 상을 본다. 옆에 키가 큰 남성이 말없이 서 있다. 무대라고도 할 수 없는 무대, 아무도 모르는 무대. 하지만 가슴이 뛰기 시작하면서 뜨거워진다. 자연스럽게 허리가 펴지고 다리에 힘이 들어간다.

"눈앞에 관객이 많이 와 있다고 생각해. 관객들은 모두 널 보고 있어."

그 말을 듣기 전부터 그런 기분을 느꼈다. 관객들이 이곳에 있고 나를 보고 있다. 그 열기가 방금 전까지 여기에 있었던 듯한, 지금도 아직 남아 있는 듯한 환상을 느낀다.

"준비됐지? 모두 너를 보고 있어. 네가 노래하기를 기다리고 있어. 응, 거기서 인사해. 관객을 향해서. 그래, 자, 부르고 싶은 걸 불러."

부르고 싶은 걸 불러, 여기서, 지금, 부르고 싶은 걸. 생각할 틈도 없었다. 번쩍 하며 노래가 떠올랐다. 숨을 깊이 들이쉬고 시작한다. 시작된다, 나의 노래.

L'amour est un oiseau rebelle(사랑은 들판을 나는 자유로운 새와 같이)

〈하바네라: 사랑은 들판의 자유로운 새〉, 〈카르멘〉의 극 중에 등장하는 유명한 곡이다. 왠지 이유를 생각하기 전에 이 노래를 부르고 싶었다. 이곳에 사랑이나, 열광이나, 폭풍이라고 부르고 싶은 뜨거운 덩어리가 숨어 있는 걸 느꼈기 때문일까.

당신이 나를 사랑하지 않는다면 내가 당신을 사랑하죠

하지만 내가 당신을 사랑하면, 조심하세요

내가 동경하는 마리아 칼라스는 이 노래를 4분 조금 넘게 불렀다. 오늘 밤 나는 한 대목만 불러서 1분 30초다. 내가 당신을 사랑하면, 조심하세요. 프랑스어 가사에 내 가슴이 떨린다. 보조 출연자들의 점점 고조되는 코러스가 들리는 듯한 기분도 들었다.

서로 다른 박수 소리가 들려서 얼핏 보니 니시나 상이 손을 높이 들어 크게 박수를 치고 있었다. 치나츠도 온 힘을 다해 손뼉을 쳤다.

나는 고개를 끄덕였다. 또 한 곡. 노래하고 싶다. 오른손을 든다. 박수를 멈추게 할 생각이었다. 그 기세로 왼손도 든다. 양손을 든 채 노래를 시작하다니, 노래를 시작하다니, 하지만 노래를 시작한다.

마음, 이,

처음 두 음만으로 치나츠는 안 것 같다. 바로 눈앞에 서 있는 치나츠가 긴장하며 지켜보던 얼굴이 반짝 하고 빛나는 게 보였다.

미칠 것만 같아, 하고 노래를 이어가자 곧바로 노노노노노노노, 하는 코러스가 들어온다. 좋아, 치나츠. 올리고 있던 양손을 내리면서 오른손 손가락으로 치나츠를 탕 하고 쏜다.

마음이 미칠 것만 같아

다정한 노래가 좋아서

아아, 당신에게도 들려주고 싶어

더는 아무 생각도 하지 않고, 아무 걱정도 하지 않고 노래했다. 치나츠가 코러스를 더해주지만 그 하모니에도 그다지 신경 쓰지 않았다. 내 목소리가 특별히 빛나는 노래라고도 생각하지 않는다. 하지만 그저 노래하고 싶었다.

사람은 누구라도

좌절하게 되는 것

아아

나도

지금도

외치지 않으면

견딜 수 없는 마음을

아아

소중하게,

버리지 말고

마지막에 '힘내!'를 외치며 끝나는 이 노래를 왜 지금 선택해서 불렀는지 나도 잘 모른다. 노래라는 건 충동이다. 충동에 마음이 움직여서 노래하는, 그것이 가장 소박하고 행복한 노래다. 아마 나는 나에게 힘내라고 말하고 싶었는지도 모른다. 힘내. 힘내. 힘내서 끝까지 노래해.

"결정했어."

니시나 상이 객석에서 말한다. 노래를 마치고 보니 객석이 아니라 그냥 연습실이다. 나는 가볍게 인사를 하고 무대를 내려왔다.

"왜 그 노래를 부른 거야?"

신이 난 치나츠가 묻고 나는 살며시 고개를 갸웃거린다.

"모르겠어. 근데 기분 좋았어. 치나츠 덕분이야. 치나츠 한 사람이 관객 천 명 정도의 위력이 있었어."

"어머, 나는? 나는 안중에 없었어?"

니시나 상이 웃는다.

"아니에요, 오디션 받는 중이라고 생각하면 소리가 딱딱해질 것 같아서 관객이라고 생각하기로 했어요."

"관객 앞에서는 긴장되지 않아?"

"예. 관객은 에너지 덩어리니까요."

"든든한 대답이네."

그 말을 하고 줄곧 말없이 서 있던 남성을 바라봤다.

"소개를 안 했네. 이분은 우리 극단 대표 이토 요스케. 근데 이번 청년공연은 전부 내가 지휘하지만."

나이를 가늠할 수 없는 남자가 내게 가볍게 인사를 했다.

"일단 사무실로 갈까. 오시마 상과 미즈키 상에게도 인사시키고 싶어. 너, 언제부터 올 수 있어?"

치나츠가 연습실 불을 끄는 동안에 니시나 상이 차분한 목소리로 물었다.

오시마 상과 미즈키 상은 누굴까. 그런 생각을 하는데 뒤에서 치나츠가 속삭였다.

"오시마 상은 우리 극단 무대감독. 미즈키 상은 음악감독. 레이, 너 붙은 거야."

"붙다니, 설마 이 노래만 하고?"

둘이서 소곤거리며 따라가는데 니시나 상이 돌아봤다.

"몰랐어? 결정했어, 라고 아까 말했잖아. 우리 극단 다음 공연의 주연이 될 거야. 치나츠와 나나오, 거기에 더해지는 무기가 미키모토 레이, 바로 너야. 잘 해보자고."

니시나 상이 오른손을 내밀고 나는 그 손을 잡았다. 부드럽고 따뜻한 손이었다.

　그때부터 순식간이었다.

　공연 제목은 〈끝나지 않은 노래〉라고 한다. 어쩐지 치나츠의
기세가 예사롭지 않았다. 〈끝나지 않은 노래〉는 치나츠가 아주
좋아하는 더 블루하츠(The Blue Hearts)의 명곡 제목이기 때문이
다. 내가 그 오디션에서 공연 제목조차 모르면서 〈사람에게 다
정하게〉를 부른 것도 뭔가에 이끌렸다고밖에 할 수 없다(이 곡을
더 블루하츠의 멤버인 고모토 히로토가 작사·작곡했다-옮긴이).

　미리 준비된 각본은 큰 줄거리를 그대로 두고, 25년의 세월
을 고려해 세부적인 부분만 다시 쓴 것이다. 스토리는 단순하
다. 가수를 꿈꾸는 여자아이가 라이벌을 만나고, 사랑을 하고,
그 사랑을 잃고, 머지않아 우정을 얻고 다시 꿈을 향해 나간다.
첫 공연 당시에 유행하던 명곡들이 여기저기에 아로새겨진 뮤
지컬이었다.

　매일 학교 수업을 마치면 연습실로 달려간다. 노래와 춤과 연
극. 노래만 하면 좋았을 텐데 어느 사이에 완전히 휘말려들었
다. 춤 연습이 힘들어서 눈물이 날 지경이다. 에튀드라는 즉흥
연극 기초훈련에서는 언제나 나 혼자만 뒤처진다.

유연성 강화 훈련, 스트레칭, 복근과 배근 훈련, 팔굽혀펴기 같은 트레이닝도 매일 빠지지 않는다. 코러스 단원 십여 명도 포함하여 다 같이 원을 이루어 약 한 시간 동안 몸을 만든다. 그렇지 않아도 운동을 싫어하는 나는 이 시간이 고통이다. 좀 더 노래하고 싶다. 시간이 아깝다. 그런 생각이 얼굴에 드러난 것 같다. 트레이닝 중에 눈이 마주치면 치나츠는 미안하다는 표정으로 웃는다.

일찌감치 발탁된 삼각형의 또 하나의 각, 하야세 나나오는 외모가 돋보이는 예쁜 아이였다. 날씬한 몸에 청초한 얼굴의, 부드러운 아기 사슴 같은 인상이다. 그러고 보니 언젠가 공연에서 코러스 단원으로 치나츠와 함께 노래하는 걸 본 적이 있다. 이번에 서른 명 가까이 되는 젊은 배우 중에서 치나츠와 둘이 뽑힌 건 물론 외모 때문만은 아닐 것이다. 노래와 춤과 연극 실력은 필수, 게다가 자신의 매력을 어필할 수 있는 배짱과 재능도 중요하다. 처음 만나 인사할 때, 웃는 얼굴이 느낌이 좋아서 안심하면서도 한편으론 조금 의외였다. 좀 더 남을 밀어내려는 경쟁심이 강한 아이를 상상하고 있었다. 좋은 아이야, 치나츠가 말했다. 그때는 그 말을 다 믿을 수 없었다. 라이벌이지 않은가, 자신이 최고가 되고 싶지 않을까? 그런 편견이 서서히 사라지게 만드는 환한 얼굴이었다. 첫 대면 모임이 있고 대본 읽기를 하고 곧이어 본격 연습이 시작되었다. 우리 세 사람의 움직임과 목소리의 균형을 보면서 연출도 그때마다 변해간다. 나는 노래를 부르는 게 주된 역할인데도 예상과 달리 안무가 격렬해서 1막은커녕 한 장면만으로도 땀에 흠뻑 젖어버렸다.

그래도 소리가 들린다. 희미한 소리가 계속 울린다. 윙. 내 몸 깊숙이에서 모터가 끊임없이 돌아가고 있다.

살아 있는 게 아주 좋아서
의미도 없이 끓어오르고 있지
한번에 모든 걸 원하며
마하 50으로 달려 나가지

노래를 시작하니 연습실의 공기가 한순간에 흔들리는 것이 느껴진다. 고개를 숙이고 있던 사람이 얼굴을 든다. 누군가와 얼굴을 마주 본다. 내 노래에 귀를 기울이고, 눈을 감고, 몸을 흔든다.

노래를 부른다. 그것이 이렇게 기쁜 일이었다니. 내가 노래하고 치나츠가 받아준다. 나나오에게 울려 퍼진다. 세 개의 각이 이어진다. 아직 어설픈 삼각형이다. 파장이 맞지 않고 변과 변이 교차하지 않는 경우도 있다.

"굉장해요, 레이 상. 노래 정말 굉장해요."

연습 사이에 아직 앳된 코러스 남자 단원이 달려온다.

"고마워요."

얼굴 가득 미소를 짓고 대답한 건 치나츠다.

"왜 치나츠가 고마워? 아키오는 레이 노래를 칭찬했는데."

키득키득 웃으며 나나오가 놀린다.

연습이 시작되기 전에 니시나 상이 속삭인 말이 잊히지 않는다.

"치나츠가 자신을 그대로 드러내는 직진형이라면 나나오는 이론을 중시하는 우등생 타입이지. 레이 같은 노래꾼이 나타나서 두 사람이 어떻게 변화해갈지 정말 기대돼."

어떻게 변할까? 기대보다 지금은 두려움이 크다. 이미 두 사람은 대단히 좋다.

나나오는 상상했던 것보다 뛰어난 배우였다. 표정이 풍부하고, 소리가 좋고, 대사 전달력도 남다르다. 움직임만으로도 화려하고, 춤을 추면 더욱 매료됐다.

젊은 배우 중 넘버원이라고 불리는 것이 이해된다. 노래도 잘 부른다. 개성은 조금 부족하지만 전국노래자랑에 나가 실수 없이 합격 종을 울릴 노래다.

　그에 비해 치나츠는 완전히 다른 타입이다. 틀에 갇히지 않고, 생명력이 넘친다. 알 수 없는 열정 덩어리가 작은 몸에서 뿜어져 나온다. 누구보다 더 달리고, 누구보다 더 뛰어오르고, 누구보다 빠르고, 누구보다 뜨거웠다. 치나츠의 노래는 듣는 사람의 가슴을 뒤흔든다. 치나츠가 무대에 있는 한 그녀에게서 눈을 뗄 수 없다.

　"나나오, 셔츠."

　치나츠가 손가락으로 가리킨 곳을 보니 나나오가 입고 있는 흰 티셔츠가 절반 정도 접힌 상태로 말려 올라가 땀으로 들러붙어 있다. 지금 하는 연습이 안무가 격렬해서 이리저리 춤추는 장면이 많아서일 것이다. 어머, 고마워, 하고 나나오가 셔츠를 내리는 짧은 순간에, 내 눈은 나나오의 하얀 옆구리에 사로잡혔다. 겉으론 부드러워 보이는데 늑골 바로 아래쯤에서 탄탄하게 복근이 갈라져 있다. 나도 모르게 넋을 잃고 쳐다봤다. 이 근육이 그 춤을, 그 도약을 가능케 하는 것이다. 감탄과 동시에 순수한 의문이 끓어올랐다. 나나오의 탄탄한 복근이 정말로 나나오의 노래를 지탱하는 힘일까?

"있잖아, 나나오."

마침 휴식 시간에 들어갔을 때다. 연습실 구석으로 걸어가면서 물었다.

"노래할 때 소리는 어디로 내?"

역시나 입으로, 목으로, 라고 대답하지 않는다. 질문의 의미를 생각하는 것 같다.

"배로 낸다고 생각해."

"응, 그렇게 배우잖아. 근데 실제로는 다른 거 같아. 복근이 아니라 오히려 등 근육을 사용해서 노래해. 이렇게 등 쪽에서 소리를 빙 돌리듯이 해서."

얘기하자마자 나나오와 그 옆에서 진지한 표정으로 듣고 있던 치나츠가 어깨뼈를 당긴다. 입을 세로로 크게 벌리고 바로 등 근육을 의식한 발성을 시작한다.

"……정말이야, 등 근육이 긴장돼."

"소리가 더 뻗어나가는 거 같아."

등 근육을 사용한 발성 자체보다 이 정도로 이해가 빠른 점이 그녀들의 무기라는 생각이 들었다.

"피아니시모(매우 여리게)로 객석 맨 뒤까지 소리가 닿게 하는 게 목표야."

내 말에 둘 다 고개를 끄덕인다. 연극에서 부르는 노래와, 성악에서 배우는 노래는 다르다. 여러 노래가 있고 여러 가수가 있다. 하지만 조금이라도 좋은 것을, 조금이라도 높은 곳으로. 그런 마음이 우리 세 사람을 선으로 이어준다. 딱 맞는 하나의 형태로 만든다.

둘 다 무섭게 흡수력이 좋다. 두려울 정도다. 어제 못했던 걸 오늘은 가볍게 해낸다. 삼각형은 간단히 무너진다. 치나츠가 확 앞으로 나와서 각은 한없이 예각에 가까워진다. 나나오와 내가 뒤쫓아 간다. 삼각형을 유지하려면 로켓같이 뛰쳐나가려는 치나츠를, 두 발로 버티고 지탱해주지 않으면 안 된다.

다음 날에는 다시 형태가 바뀐다. 나나오도 뻗어 나온다. 가지고 있는 재능에 기대지 않고, 남보다 배는 성실하고 솔직한 성격이 강점이다. 두려움 없이 남에게 다가간다. 남에게 묻는다. 그걸 바로 받아들이는 유연함이 있다. 가령 연습 사이에 치나츠와 내가 얘기하고 있으면 어느 사이에 옆에 와 있다. 물리적인 거리를 두지 않고 조금이라도 어울리려고 한다. 물론 개인적으로 사이가 좋아지고 싶은 건 아닐 것이다. 어디까지나 삼각형이고자 하는 것이다.

삼각형의 정의를 생각한다. 외각은 그것과 이웃하지 않는 두 내각의 합과 같다. 우리는 셋이서 균형을 살펴가며 형태를 찾고 있다. 밖에서 온 나는 외각으로 그녀들을 바라보고 어떤 때는 내각으로 그저 오롯이 노래를 부른다.

나나오가 심지 강한 연기를 하고, 치나츠는 마치 중력에서 해방된 것처럼 무대 위에서 날아오른다. 나는 노래할 뿐이다. 노래로 삼각형의 나머지 각이 될 수 있다고 믿으며.

두 사람의 존재가 가슴을 설레게 한다. 서로 싸우지만 승부가 아닌 관계가 여기 있다. 그녀들은 한 순간 한 순간 승부를 겨루는 것처럼 보이지만 싸우고 있는 게 아니다. 젊은 배우들을 주축으로, 둘이서 이 극단을 떠받쳐간다. 서로 경쟁하고, 헤치고 나가며, 성장하고 있다. 니시나 상이 이 두 사람을 차세대의 유망주로 키우고 싶어 하는 데에 수긍이 간다. 나도 이 두 사람이 걸어가는 끝을 지켜보고 싶다.

여기서 내가 할 수 있는 일은 뭘까? 좋든 싫든 생각하지 않을 수 없었다. 오로지 노래만 하면 되는 걸까. 내가 휘저어서 균형이 무너지진 않을까.

고민하고 있을 틈은 없다. 조금이라도 좋은 쪽으로 나아가려는 두 사람을 따라가려고 나는 필사적으로 달린다. 오직 노래만 부르면 된다는 말에 의지하여 아무 생각도 하지 않고 오로지 노래에 온 힘을 기울인다.

땀에 흠뻑 젖은 채 연습은 계속된다.

"무리해서 연기하려고 하지 마. 있는 그대로 너희를 전면에 내세워. 그게 제일 매력 있으니까."

니시나 상의 지시는 다정하지만 어렵다. 있는 그대로의 우리라는 게 도대체 어떤 건지 우리는 모른다. 도대체 있는 그대로의 내가 매력적이라고도 도저히 생각할 수 없다. 정신없이 따라가는 게 고작이다. 무대가 있고 노래가 있기 때문에 어떻게든 이렇게 서 있는다. 할 수 있을지 어떨지, 무대 전체가 어떻게 되어 있는지 생각할 여유는 없다. 그래도 내 몸 안에서는 쉬지 않고 모터 돌아가는 소리가 조용히 울려 퍼진다.

세상에 버림받고
외톨이로 울던 밤
더는 안 될 것 같은 때도
지금까지 몇 번이나 있었지

25년 전 노래인 데도 지금까지 깊은 감동을 준다. 시간이 지나도 남는 건 꿈일까, 희망일까, 사랑일까, 친구일까. 아니면 노래일까.

앞으로 25년이 지나 우리가 니시나 상 나이쯤 되었을 때 빛바래지 않고 내놓을 수 있는 것, 다음에 이 길을 걷는 사람에게 건네줄 수 있는 건 무엇일까.

짝짝 하고 손뼉 치는 소리가 나고 연극이 중단되었다.

"레이, 집중해."

"예, 죄송합니다."

노래……. 꿈보다도, 사랑보다도, 우정보다도 분명 보편적인 것. 보편적이면서 가장 개인적인 것. 이 무대를 통해서 누군가의 개인적이고 보편적인 체험에 관여하는 것이다. 그런 생각을 하니 흥분으로 몸이 떨린다. 조금이라도 좋은 것을, 조금이라도 높은 곳으로, 하고 소망하게 된다.

진실의 순간은 언제나

죽을 만큼 두려우니까

도망치고 싶어진 적도

지금까지 몇 번이나 있었지

내 노래에 치나츠가 휘감긴다. 그래서 멈출 수 있었다.

"나나오, 좀 더 자연스럽게."

유달리 날카로운 소리가 날아들어 연습실에 긴장감이 감돈다. 보지 않아도 알 수 있다. 목소리 주인은 이토 상이다. 극단 대표이고 연출가이자 니시나 상의 남편이기도 하다. 이 사람도 옛날에는 배우였다고 한다. 무대에서 돋보이는 큰 키와 윤곽이 뚜렷한 용모, 쩌렁쩌렁한 음성. 기본적으로 니시나 상이 연출하는 이번 무대도 가끔 이렇게 보러 와서 함께 지도한다.

"죄송합니다."

"말로만 사과하지 마."

나나오는 무슨 말을 하려다가 입을 꾹 다물었다.

나나오의 상태가 별로 좋지 않은 건 느끼고 있었다. 평소에 하던 공연보다 노래가 많고 움직임도 많고 게다가 계속 등장한다. 신체적인 피로가 상당할 것이다. 이번 공연은 청년 배우 중 톱으로 첫선을 보이는 공연이기도 하다. 일회적인 외부 게스트인 나와는 정신적 부담이 비교가 되지 않을 것이다.

신경 쓰지 마, 이토 상은 뒤돌아서 나를 보고 말했다.

"넌 아무것도 신경 쓰지 않아도 돼."

부릅뜬 눈이지만 입매는 조금 풀어진 듯도 보였다.

"네가 들어와서 재미있어졌어. 아무 걱정하지 말고 당당하게 노래 부르면 돼."

소외된 느낌이 들었다. 단원이 아니기 때문에 어쩔 수 없다지만.

"전 노래만 하면 되나요?"

다시 물으니 그가 고개를 끄덕였다.

"고민될 거야. 그냥 노래만 해도 되는지. 그래, 그냥 노래만 하면 돼. 네 가치는 그거야."

웃을 자리는 아니지만 웃고 싶어졌다. 단지 노래만 부를 것. 그것이 나의 가치. 훌륭하지 않은가.

"그만큼 네 노래는 압도적이야."

이토 상은 거리낌 없이 내 머리부터 발끝까지 빤히 쳐다봤다. 누가 평가하든 나는 위축되지 않는다. 내 가치는 노래뿐이다. 하지만 압도적일 리는 없다. 내가 제일 잘 안다. 학교로 돌아가면 나는 눈에 띄지 않는 평범한 성악과 학생일 뿐이다.

"니시나에게 노래가 좋아졌다는 얘길 듣고 보러 왔지. 분명 지난번과는 하늘과 땅 차이야. 네 덕분이야."

"아니에요."

"레이 노래의 좋은 점을 알아?"

대답하지 않았다. 모르겠는데요, 라고 말하고 싶지 않았다.

내가 믿어주지 않으면 누가 내 노래를 듣고 싶어 할까.

"연기도 나쁘지 않아."

"그렇지 않아요, 노래하는 데 집중하다 보니. 하지만 내게는 노래만 요구하니까 이 정도면 되겠지 생각해요."

목소리가 작아지면서 동시에 다른 마음이 뭉게뭉게 커진다. 이 정도면 되겠지, 가 아니다. 그런 애매한 기분이 아니다.

당당하게 얼굴을 들고 이토 상의 매서운 눈을 보았다.

"이것밖에 할 수 없다, 는 마음으로 부르고 있어요. 이렇게밖에 할 수 없다, 힘이 다 하는 만큼, 부를 수 있는 만큼, 최대한 부르는 노래예요."

"그거면 된 거 아닐까?"

이토 상이 고개를 끄덕인다.

"네 노래는 좋아. 하지만 노래만이 아니야. 너는 노래를 길러온 셈이고 노래가 너를 성장시킨 거지."

무슨 말인지 모르겠다. 말없이 다음 말을 기다렸다.

"꿈과 희망. 너지? 해석을 바꾼 건."

이토 상은 입꼬리를 슬쩍 올렸다.

"……예."

해석이라고 할 만큼 대단한 건 아니다. 다만 극 중 노래에 나오는 '꿈'과 '희망'이라는 단어를 솔직하고 밝게 노래하기만 해서는 조금 부족하지 않을까 하고 치나츠와 나나오에게 말했다. 꿈과 희망을 좋은 것으로 드높이 칭송하는 게 아니라 의심을 가지는 쪽이 좋지 않을까, 하고.

꿈은 멀다. 희망은 덧없다. 아무리 손을 뻗어도 잡히지 않을지도 모른다. 꿈도 희망도 좌절의 바로 옆에 있다. 어쩌면 원하지 않는 게 좋지 않을까, 희망 같은 건 처음부터 없는 게 좋지 않았을까 의심하면서 그래도 희망을 버릴 수는 없다. 꿈을 꾸지 않고는 살아갈 수 없다.

"맞는 해석이야, 희망을 기쁘게 노래하지 않는 것이 사실적이라고 생각한 거야."

"예."

판도라상자에 마지막으로 단 하나 남은 게 희망이었다고 한다. 그건 기쁜 소식이었을까? 먼저 상자에서 빠져나간 사악한 것들과 마찬가지로 사실은 희망도 제우스가 가져온 재앙의 하나였던 게 아닐까.

새로운 해석이라기보다도 내 마음 깊숙한 곳에 있는 진심이었다. 꿈도, 희망도, 긍정적이기만 한 건 아니었다. 그게 있기 때문에 괴롭다. 하지만 그것 없이는 견디고 나아갈 수 없다. 그런 마음을 숨김없이 얘기했더니 치나츠도, 나나오도, 바로 이해해 주었다. 동지인 것이다. 희망의 결정체 같은 치나츠에게도, 전도유망한 나나오에게도 꿈과 희망은 때로는 무거워서 냉혹하단 걸 알았다.

"완성되길 기대할게."

내가 대답하기 전에 이토 상은 발길을 돌렸다.

"감사합니다."

등을 향해 고개를 숙였지만 아직이다. 제대로 감사 인사를 할 수 있을 만큼 나는 납득되지 않았다.

〈끝나지 않은 노래〉의 원곡을 부른 건 더 블루하츠. 남성 보컬이다. 일부러 키를 바꾸면서까지 여자 세 명이 부르는 의미를 분명히 알고 싶다. 꿈과 희망을 두려워하면서도 어떻게든 다가서려고 한다. 우정과 사랑을 원하면서도 멀리서 바라본다. 겁쟁이이면서 탐욕스러운 건 남자뿐만이 아니다. 오히려 여자 쪽이지 않을까. 그래서 해방시킨다. 노래로 해방시키는 것이다. 스위치가 켜지기만 하면 모터가 계속 돌아간다. 노래하고 싶다, 노래하고 싶다, 노래하고 싶다. 끊임없이 그 생각뿐이다.

성악과라는 좁은 곳에서도 첫 번째가 되지 못한다. 이 사실이 언제나 가슴을 무겁게 짓눌렀다. 좋은 평가를 받아도 솔직하게 받아들일 수 없다. 하지만 어쩌면 첫 번째가 되지 못함으로써 얻을 수 있는 게 있었을까.

첫 번째였다면 여기에 오지 않았다. 여기에서 노래하는 일은 없었을 것이다. 꿈에도, 희망에도, 긍정적인 이미지만 가지고 있었을 것이다. 첫 번째 사람에게는 보이지 않는 풍경을 나는 볼 수 있다. 노래 부를 곳을 원하며, 들어줄 사람을 찾아서, 드디어 이곳에서 부른다. 그 기쁨을 음미할 수 있다.

"우동 귀라고 들어봤어?"

역으로 걸어오는 길에 치나츠가 말했다. 치나츠는 강인하다. 나나오와 나는 너무 지쳐서 아니, 라든가, 아아, 같은 애매한 대답만 했다.

"우리 부모님은 우동집을 하는데 말이야."

응, 아아. 적당히 대답한다. 치나츠는 기운도 좋다.

"수타면은 자투리가 나와. 밀방망이로 반죽을 늘려서 가장자리부터 잘라서 제일 끝에 남는 부분 말이야. 어중간하게 남아 가늘어져 있거든. 그게 너무나도 수타면이라는 느낌을 주기 때문에 귀를 파는 가게도 있대. 근데 우리 아빠는 그걸 일일이 골라내. 이런 건 프로가 아니라며. 삶을 때 불기운이 균일하게 고루 가지 않거나 국물 맛이 배는 정도가 달라진다면서."

이제 나도, 나나오도 응, 이라고도 아아, 라고도 하지 않는다. 치나츠는 그런 걸 신경 쓰지도 않고 차도 뜸한 밤길을 혼자 재잘거리며 걷는다.

"근데 말이야, 사실 난 귀를 좋아해. 가끔 우동에 섞여 있으면 엄청 기뻐. 분명 씹는 느낌이 다르기 때문에 우동 장인의 길을 가려는 사람은 싫어하겠지만, 뭐라 할까, 맛이라 할지 그런 게 있잖아."

"아, 알 것 같기도 해."

내 옆에서 나나오가 반응한다.

"굉장히 맛있는 빵집 바게트에 가끔 모양이 이상하거나 끄트머리 쪽에 눌어붙은 자국이, 의외로 맛있잖아."

"맞아, 맞아."

치나츠가 반갑다는 듯이 웃는다. 웃는 얼굴을 보고 그제야 알아차렸다. 치나츠는 나나오를 위해서 얘기하고 있다. 곧이곧대로 연기하느라, 노래하느라, 나나오는 경직되어 있다. 귀도 맛있다. 나나오에게 전하려는 것이다.

"맛있는 우동에 가끔 귀가 섞여 있으면 왠지 조금 득을 본 기분이야."

272

나도 맞장구를 친다. 치나츠와 나나오가 웃으며 고개를 끄덕인다. 다만 그건 평소에 품질이 좋고 안정됐을 때의 이야기다. 어쩌다 일어나는 파격이 즐거운 법이다.

내가 지원한다. 그러니까 나나오는 가끔 실수해도 괜찮다. 걱정 마, 안심해.

드물게 별빛이 아름다운 하늘을 올려다보며 말없이 마음속으로 결심한다. 치나츠가 할 수 있는 말을 다해 나나오를 격려하듯이 나는 노래로 나나오의 장점을 끌어낼 것이다.

"아, 저기 봐."

치나츠가 탄성을 질렀다.

"저렇게 또렷하게 보여. 여름의 대삼각형."

"어머, 어디?"

셋이서 초여름 하늘을 올려다보며 어디, 어디, 서로 손가락으로 가리킨다.

"혹시 저기 밝은 별?"

"응, 이쪽에 있는 별과 저쪽에 있는 조금 어두운 별."

"정말이네, 여름의 대삼각형이야."

멈춰 서서 정신없이 하늘을 올려다본다.

"정삼각형이 아니었구나."

나나오가 말했다. 마침 나도 그렇게 생각한 참이다.

"거문고자리의 베가와, 독수리자리의 알타이르, 하나가 뭐였지, 백조자리? 데네브야?"

게다가 저마다 다른 성좌로 빛나고 있다.

"베가와 알타이르는 견우성과 직녀성이야."

"정말? 그럼 데네브는 완전히 방해꾼이네."

"근데 데네브와 베가의 거리가 더 가깝잖아."

"베가와 알타이르 사이에는 은하수가 있어."

셋이 함께 올려다본다. 도쿄 하늘에서 은하수는 보이지 않지만.

우리도 정삼각형일 필요는 분명 없다.

삼각형에는 각이 세 개 있고 어느 각이 첫째인가 하는 것에 의미는 없다. 우리가 할 수 있는 일은 각각의 각을 서로 격려하고, 서로 힘이 되어, 최고로 멋진 삼각형을 만드는 게 아닐까?

치나츠는 내 버팀목이 돼주고 있다. 나나오에게도 도움을 받고 있다. 내가 할 수 있는 일은 노래하는 것뿐이다. 노래에 대해서라면 치나츠에게도, 나나오에게도, 도움을 줄 수 있다고 생각한다. 그렇다면 할 일은 하나다. 내가 두 사람에게 맞추면 된다. 내가 들어가서 어떤 삼각형이 만들어질까 기대하는 니시나 상에게도, 다른 신경은 쓰지 말라고 말해준 이토 상에게 답하기 위해서도. 내가 두 사람의 노래에 맞추자. 두 사람의 노래가 아름답게 빛날 수 있도록.

두 사람에게 맞추고 나서 나는 내 노래를 부르자. 예각이 되거나 둔각이 되면서 가장 아름다운 삼각형을 목표로 하자. 괜찮다, 맞춘다고 해서 내 노래의 강점이 사라지지는 않는다. 내가 소중하게 키워온 건 그렇게 나약하지 않을 것이다.

본 공연 3주 전에 드디어 엽서가 나왔다. 공연을 알리는 광고 엽서다. 사무실 구석을 빌려서 분담해서 수신인 주소를 쓴다. 집에 가져가면 아마 쓰다가 잠들어버릴 것이다. 낮은 테이블에서, 바닥에서, 어떤 단원은 책상을 빌려와서 쓴다. 일요일 낮과 밤, 두 번뿐인 공연이다. 한 명이라도 더 많은 관객을 모아야 한다. 입장권을 사주길 바란다. 무대를 봐주길 바란다. 모두 다 순수한 마음이다. 한 장 한 장 엽서를 써서 보내고, 엽서를 받은 사람이 공연을 보러 와서 입장권을 사주고 점점 극단에 수익이 생긴다. 그게 얼마나 소중한 일인가, 생각한다.

"2B반 명단 있어."

볼펜으로 써 내려가면서 치나츠가 말한다.

"아사하라를 비롯해서 매년 전원에게 보내거든. 그리고 3C 반도. 레이는 3A반이었지."

응, 고개를 끄덕이지만 3A반 명단은 가지고 있지 않다.

"사사키 히카리……부터 쓰고. 히카리는 언제나 보러 오거든. 바쁠 텐데 고맙더라."

응, 하고 또 고개를 끄덕인다. 히카리가 보러 오는 걸 상상하기만 해도 두근거린다. 지금 어떤 모습을 보여줄 수 있을까. 예전 반 친구가 보러 오는 건 기쁠 것도 같고 쑥스러울 것도 같고 이상한 느낌이다.

명단을 보던 치나츠가 손을 놓고 있다.

"왜 그래?"

"응, 아야에게는 어떻게 할까 해서."

그래, 아야는 이제 여기에 없다. 작년 봄에 호쿠리쿠 쪽으로 혼자 이사했다. 멀리 있어서 이번 무대를 보러 올 거라고는 기대할 수 없다. 하지만 치나츠는 그 이유만으로 엽서를 보낼까 말까 고민하는 건 아닐 것이다. 아야는 뭔가 사정이 있어서 이곳을 떠났다. 우리 둘이서 무대에 서는 영예를 진심으로 기뻐해줄까.

아야뿐만 아니다. 이 엽서는 우체통에서 휴지통으로 직행할지도 모른다. 엽서에 관심이 없을 뿐이라면 그래도 괜찮지만, 불쾌하게 생각하는 사람이 없다고도 할 수 없다. 누군가에게는 좋은 일이 일어나고 누군가는 주저앉아 있다.

"보내는 게 좋을 거 같아."

"그렇지, 보내자."

치나츠가 고개를 끄덕인다. 분명 괜찮다. 아야는 괜찮다. 언젠가 아야에게서 반가운 소식이 오기를 기다린다.

"그러고 보니 빡빡이 샘, 결혼했다고 했지. 주소 바뀌었을까?"

"아, 참, 후미카도 약혼한 거 같던데. 시간이 너무 빨라. 우리가 벌써 그런 나이가 됐다니."

"사키는 머리 기르고 5킬로그램이나 빼서 몰라볼 정도로 예뻐졌대."

"그리고, 고리에는……."

치나츠는 혼자서 재잘거렸지만 내가 말없이 쓰는 걸 보고는 입을 다물었다.

"감탄할 지경이야. 어디서 그렇게 반 아이들 정보가 들어오는 거니?"

주소를 쓰다가 멈추고 묻자 치나츠는 푸하하, 하고 웃었다.

"그 반, 참 좋았잖아."

그러더니 갑자기 목소리 톤이 변했다.

"다들 보러 와줬으면 좋겠다."

얼굴을 들지 않고 고개를 끄덕였다. 보러 오기를 바란다. 들으러 오기를 바란다. 가능하면 많은 사람이.

얼핏 보니 치나츠가 또 손을 멈추고 있다. 그 눈이 똑바로 나를 보고 있다.

"우리, 2B반에서 마지막으로 노래할 때 미래의 자신을 향해 부르자고 했었잖아. 기억나? 지금이 그때 말한 미래야. 그때부터 정확히 지금으로 이어져 있는 거야."

그 순간 몸 깊은 곳에 그때의 열기가 되살아났다. 빛 속에서 나는 우리 반 아이들의 눈을, 소리를 봤다. 흐르는 피아노. 지휘를 위해 번쩍 치켜든 내 손에서 뭔가 뜨거운 것이 퍼져 나가는 걸 느꼈다. 서른 개의 목소리가 눈이 녹은 작은 개울처럼 솟구쳐 흘러내렸다.

그곳에서 이곳으로 이어져 있다. 노래는 끝나지 않는다. 내일로, 다시 또 내일로, 노래는 계속 이어진다.

"치나츠."

다른 누구에게도 들리지 않을 만큼 작은 소리로 말한다.

"같이하자고 해줘서 고마워."

치나츠는 말없이 고개를 흔든다. 단발머리가 흔들려서 하얀 귓불이 보인다.

갑자기 귀 이야기가 떠올랐다. 우동의 귀. 가끔 섞여 있으면 맛있는 귀. 나나오를 위해서 꺼낸 이야긴가 생각했지만 나를 위해서였던 게 아닐까. 치나츠는 나를 격려하고 싶어서 그 이야기를 했다. 내 귀 부분은 클래식에서는 평가받지 못할지도 모르지만 여기서는 확실히 매력이 된다. 그걸 나나오가 아니라 내게 전하고 싶었던 것이다.

"고마워, 귀 얘기도."

치나츠는 또 말없이 고개를 흔들었다.

노래해야지, 생각한다. 노래하고 싶어서 견딜 수가 없다. 무엇을 위해서, 누구를 향해서, 노래하는 건지 모른다. 또 미래의 나를 향해서일까. 아니다, 라고 생각한다. 미래의 내가 어디에서 무엇을 하고 있을지, 모른다. 알고 싶지 않다. 나는 그저, 지금, 노래하고 싶다. 지금 여기서, 끝나지 않은 노래를.

예감은 대개 맞지 않는다. 그래서 오늘은 나쁜 예감이 들어야 했다.

누군가가 실수를 한다. 다른 두 사람도 그걸 덮어줄 수 없다.

삼각형은커녕 무대가 무너진다 ─ 안 된다. 그런 일이 일어날 리가 없다. 실수는 하지 않는다. 만약 실수가 있어도 다른 누군가가 반드시 도와준다. 삼각형은 여러 형태로 변화하고, 빛나고, 춤추고, 노래는 울려 퍼지고, 연극은 계속된다.

나쁜 예감은 아무리 기다려도 찾아오지 않는다. 어쩌지, 생각하지만 마음속에 키득키득 웃음이 번진다. 틀림없이, 잘할 수 있다.

오늘은 관계자를 초대해서 펼치는 마지막 총연습이다. 극단에 소속된 주연급 배우들과 모든 스태프, 거기다 다른 극단의 스태프 같은 사람들까지, 기대 이상으로 많은 사람이 모여 있다. 좁은 연습실은 사람들의 열기로 가득 차 있고 무대감독과 스태프는 분주하게 움직인다.

관계자석에 어디선가 본 듯한 사람이 있었다. 누구였을까. 이름이 떠오르지는 않지만 아마 유명한 사람일 것이다. 이 무대를 위한 니시나 상의 깊은 마음이 전해진다. 분명 우리의 활약을 기대하고 극단과 관련된 실력자들 몇 명을 불러온 것이다.

"괜찮아, 평소처럼 하면 돼."

치나츠가 기운차게 말하지만 기분 탓인지 목소리는 예민해져 있다.

"뭐야, 치나츠. 혹시 긴장한 거야?"

대범한 나나오는 훨씬 침착해 보인다.

"아무렇지 않다니까. 평소랑 똑같아."

작게 손을 흔들고 무대 반대쪽으로 돌아간다. 나도 아무렇지 않다. 왜냐면 삼각형이니까. 외각은 이웃하지 않는 내각의 합과 같다. 세 개의 각을 모두 믿는다. 연출과 제작, 무대감독, 음악감독, 안무, 의상, 분장, 많은 스태프의 도움을 받아 삼각형은 이제부터 빛날 테니까.

무대 뒤에서 막이 오르기를 기다렸다. 아, 갑자기 생각났다. 좀 전에 본 그 사람. 히로세 슈지다. 치나츠가 동경하는 연출가잖아. 분명 작년에 히로세 슈지의 오디션을 보고 떨어졌다고 했다. 그가 지금 보러 와 있다. 치나츠에게 알려주고 싶다. 아니, 너무 흥분하면 안 좋을지도 모르니까 무사히 끝내고 나서.

니시나 상의 짧은 인사말이 끝났다. 조명이 켜지고 음악이 흐르기 시작한다.

간다, 하고 눈으로 신호를 보내니 치나츠가 빠르게 고개를 끄덕인다. 반대쪽 무대 뒤편에서 나나오가 자신감 넘치는 얼굴로 서 있다.

빛 속으로 치나츠가 뛰어나간다. 나는 뒤에서 천천히 걷기 시작한다. 아무도 주목하지 않는다. 아직 괜찮다. 나를 보지 말기를. 이제 곧 노래할 거니까. 그때까지 아무도 나에게 신경 쓰지 않기를.

이상하리만큼 고요해진 마음으로 치나츠와 나나오의 움직임을 지켜본다. 갑자기 음악이 터져 나온다.

만약 내가 언젠가 너를 만나 이야기한다면

노래를 시작하자 객석에서 숨을 삼키는 것 같은 느낌이 들었다. 숨을 들이마신 채 나를 보고 있다. 내 노래를 듣고 있다. 내 목소리는 끝없이 뻗어간다. 객석 뒷벽에 부딪혀 튀어서 되돌아오고 밀려온 파도처럼 이쪽에서 일으키는 파도와 부딪쳐서 여기저기에서 불꽃을 터뜨린다. 작은 극장이 내 노래와 그걸 듣고 있는 사람들의 호흡으로 가득 찬다.

나는 결코 지지 않는 단 하나의 강한 힘을 가지고

노래가 끝난 순간 객석에서 뜨거운 덩어리가 되돌아온다. 공연 도중임에도 폭발할 듯한 박수가 터져 나온다. 터져 나오다가,

멈춘다. 치나츠가 노래하기 시작했기 때문이다. 치나츠의 목소리는 궤도에 올랐다. 힘이 있다. 무엇보다 진심이 들어 있다.

끝나지 않은 노래를 부르자

나와 너와 그들을 위해

끝나지 않은 노래를 부르자

내일은 웃을 수 있도록

좋은 노래다. 몸이 반응한다. 저 노래에, 나는 답하지 않으면 안 된다. 치나츠가 내뿜는 에너지에 겹쳐져서, 맞버티며, 마지막에는 합쳐진다. 거기에 나나오의 노래가 어우러진다. 청초하고 부드러운 목소리. 어우러지고, 떨어졌다가, 다시 어우러진다. 하나의 마음이 되어 무대 위에서 소용돌이친다.

일등이 되든 못 되든, 이제 아무래도 좋다. 나는 꼴찌라고, 누가 비웃어도 상관하지 않는다. 나는 나다. 지금 무대 위에서 진심으로 웃을 수 있는 나 이외에 믿을 수 있는 다른 내가 있을까?

노래하는 건 즐거움이고, 노래하는 건 기쁨이며, 노래하는 건 살아 있는 일이다.

예전부터 알고 있었다. 아주 예전부터 알고 있어서 노래는 언제나 내 옆에 있을 거라고 생각했다. 하지만 어느 결에 멀리 두고 와버렸던 것 같다.

노래가 있고 그 노래에 답하는 마음이 있다. 노래에 답하여 생겨나는 또 하나의 노래. 노래에 떨리는 마음. 그 마음에 감동하는 노래. 끝나지 않는다. 계속된다. 노래도, 우리도.

예감은 역시 맞지 않는다. 분명 잘될 것이다, 라고 생각했다. 그런데 그런 예감을 아득히 뛰어넘은 기쁨이 온몸에 차오른다.

그치지 않는 박수를 받으면서 예감이 아니라 확신을 품는다. 나는 분명 이대로 끝없이 노래하면서 살아갈 것이다.

무엇보다 사랑하는 노래에 진심으로 감사드립니다.

많은 힘이 되었습니다.

⟨Happy Birthday to You⟩   원곡 힐 자매 ⟨Good Morning to All⟩

찬송가 130장 ⟨기뻐하라 찬양하라 시온의 딸⟩(오라토리오 ⟨마카베우스의 유다⟩에서)   작곡 헨델

⟨슬라이더스믹스⟩   작곡 사카이 이타루

⟨바웁쿠헨⟩   더 하이로즈, 작사·작곡 고모토 히로토

합창곡 ⟨코스모스⟩   작사·작곡 미마스, 편곡 도미자와 유타카

⟨Joy to the World⟩   스리 도그 나이트, 작사·작곡 호이트 액스턴

⟨하바네라: 사랑은 들판의 자유로운 새⟩(오페라 ⟨카르멘⟩에서)   작곡 비제

⟨사람에게 다정하게⟩   더 블루하츠, 작사·작곡 고모토 히로토

⟨미래는 우리들 손안에⟩   더 블루하츠, 작사·작곡 마시마 마사토시

⟨린다린다⟩   더 블루하츠, 작사·작곡 고모토 히로토

⟨끝나지 않은 노래⟩   더 블루하츠, 작사·작곡 마시마 마사토시

일본음악저작권협회(출) 동의 제1510029-501

끝나지 않은 노래

초판 1쇄 발행 2019년 1월 30일
개정판 1쇄 발행 2022년 10월 25일

지은이 미야시타 나츠
옮긴이 최미혜
펴낸이 이범상
펴낸곳 (주)비전비엔피·이덴슬리벨

기획 편집 이경원 심은정 유지현 김승희 조은아 김다혜
디자인 김은주 이상재
마케팅 한상철 이성호 최은석
전자책 김성화 김희정 이병준
관리 이다정

주소 우)04034 서울특별시 마포구 잔다리로7길 12 (서교동)
전화 02)338-2411 | **팩스** 02)338-2413
홈페이지 www.visionbp.co.kr
이메일 visioncorea@naver.com
원고투고 editor@visionbp.co.kr

등록번호 제2009-000096호

ISBN 979-11-91937-23-7 (04830)
　　　 979-11-91937-21-3 (SET)

· 값은 뒤표지에 있습니다.
· 잘못된 책은 구입하신 서점에서 바꿔드립니다.

이 도서의 국립중앙도서관 출판시도서목록(CIP)은 서지정보유통지원시스템 홈페이지(http://seoji.nl.go.kr)와 국가자료공동목록시스템(http://www.nl.go.kr/kolisnet)에서 이용하실 수 있습니다.(CIP제어번호: CIP2019000900)